0,50 centimes.

Select-Collection

GYP

Genevième

ROMAN

E. FLAMMARION, Éditeur, 26, rue Racine.

Geneviève

GYP

Geneviève

ROMAN

PARIS

ERNEST FLAMMARION, ÉDITEUR

26, RUE RACINE, 26

Droits de traduction, d'adaptation et de reproduction réservés pour tous les pays,
y compris la Suède et la Norvège.

Geneviève

CHAPITRE PREMIER

Comment, Maurice !... c'est toi qui me conseilles de ne pas épouser M. de Jurieu ?... toi qui l'aimes tant ?...

— Je l'aime beaucoup !... mais ça ne m'empêche pas de croire qu'il sera un insupportable mari... Il est léger... fantasque, un peu égoïste, et surtout beaucoup trop jeune pour toi.

— C'est vrai !... — répondit tristement Mme Hackson — mais il m'aime et moi je l'adore... depuis longtemps !...

— Si tu t'imagines que je ne m'en suis pas aperçu !... C'est bien ce qui me désole !... Pierre a vingt-huit ans et tu en as trente-deux... aujourd'hui on ne remarque pas cette différence... mais dans dix ans tu seras presque une vieille femme, alors qu'il sera encore un jeune homme... et dame !... avec sa nature... sa façon de vivre...

Le ravissant visage de Mme Hackson se décomposa...

— Quelle nature ?... quelle façon de vivre ?... qu'est-ce qu'il fait ?... dis-le-moi ?...

— Mais rien !... que veux-tu que je te dise ?... Il vit comme tous les jeunes gens !... — répondit M. de Garde, qui se rendit compte qu'il était allé trop loin.

— Depuis que je dois être sa femme, il a rompu avec les habitudes auxquelles tu fais allusion...

— Ah çà ! le mariage est donc décidé entre vous ?...

— Depuis six mois...

— Comme ça, sans mon consentement ? — dit en riant M. de Garde — tu n'es guère respectueuse pour ton grand frère, sais-tu ?...

— Si je ne t'en ai pas encore parlé, non plus qu'à grand'mère et à Meg, c'est que je ne veux me remarier que deux ans après la mort de mon mari...

— Tu veux faire croire à Jurieu que tu le regrettes ?...

— Non... mais... les convenances...

— Il me semble, à moi, que le délai régulier suffisait parfaitement quant aux convenances... et, si tu es réellement décidée à faire cette folie, le mieux serait de ne pas trop tarder...

— Ainsi, tu désapprouves ce mariage ?...

— Absolument !... qu'est-ce que tu as ?... Allons bon !... tu pleures à présent ? Voyons, Suzanne ?... Suzette ?...

Et M. de Garde vint s'asseoir près de sa sœur qui, la tête enfoncée dans les coussins du divan, sanglotait nerveusement, les épaules secouées, la respiration sifflante.

— Suzanne... je t'en prie !... voici grand'mère et Meg !...

La jeune femme releva sa jolie tête et brusquement sortit du salon sans dire un mot.

La vieille marquise de Garde entrait, suivie de sa petite-fille, la femme de Maurice.

— Qu'est-ce qu'a donc Suzanne?... — demanda-t-elle inquiète — pourquoi a-t-elle pleuré?...

— Elle a qu'elle épouse Jurieu !...

— Patatras !... voilà ce que je craignais !...

— Moi... — dit Meg, — j'en étais sûre...

Et elle ajouta, s'adressant à son mari :

— Est-ce que vous avez cherché à la dissuader de ce projet?...

— Je lui ai dit ce que je pense... c'est fou !...

— A quoi bon le lui dire?... elle le sait !... avec son tact extrême et son jugement sûr et fin, elle a bien certainement compris qu'elle fait une folie... mais elle la fera quand même !... Vous ne voyez donc pas à quel point elle l'aime... combien elle est souffrante et triste depuis qu'elle ne le voit plus...

— Triste?... parce qu'elle s'ennuie !... Elle a grand besoin de distraction, Suzanne !... et dame, le séjour de Kerven entre grand'mère, vous et moi, n'est pas folâtre... nous sommes certainement des gens charmants, mais enfin, à la longue...

— Quand M. de Jurieu était là, elle ne s'ennuyait pas !...

— Peut-être?... c'était lui qui s'ennuyait !... j'ai même idée que c'est pour cette raison qu'il s'est fait ordonner le Mont-Dore... car, entre nous, il a besoin des eaux comme moi, cet excellent Pierre !...

— Je parlerai à Suzanne... — dit la marquise — peut-être m'écoutera-t-elle...

elle aime sa vieille grand'mère... et, après Meg, c'est moi qui ai sur elle le plus d'influence...

Mme de Garde secoua la tête :

— Il n'y a rien à faire... elle aime follement M. de Jurieu !... rien ne l'empêchera de l'épouser, mais les discussions et les chagrins la rendront malade... Vous savez que dernièrement encore le docteur nous a dit de lui éviter, non seulement les petites contrariétés de la vie, mais les plus légers ennuis... il suffit d'un rien pour aggraver son état...

— Depuis quelques jours je ne la trouve pas bien... — remarqua la vieille marquise — elle ne mange rien... elle est triste, ses pommettes sont rouges...

— Tout à l'heure, quand je lui ai dit que je n'approuvais pas ce mariage, elle a eu une crise de larmes... elle devient de plus en plus nerveuse...

— Elle est préoccupée de ne pas avoir régulièrement des nouvelles du Mont-Dore... — dit Meg — elle est inquiète... jalouse... elle s'imagine que, loin d'elle, M. de Jurieu...

— Quant à ça, elle n'a pas tort !... — s'écria M. de Garde — et il est probable que, quoi qu'elle imagine, elle est au-dessous de la vérité !...

— Je vais voir ce qu'elle est devenue !... — dit Meg en se levant.

La grand'mère et le petit-fils restèrent en face l'un de l'autre, et se mirent à ressasser leurs impressions et leurs craintes.

Ils l'aimaient tant, cette Suzanne qui, depuis qu'elle était au monde, ne leur avait donné que des inquiétudes ! Frêle, délicate, difficile à élever, la petite fille, orpheline, était devenue l'objet d'un véritable culte. Elle avait grandi entre la vieille grand'mère et le frère encore enfant, les pliant et les dirigeant au gré de son caprice. Jamais on ne contrariait Suzette, c'était l'ordonnance du médecin. C'était même, en somme, le seul remède qu'il employât, car la malade n'avait d'autre maladie qu'une excessive impressionnabilité et on qualifiait de « troubles nerveux » les battements de cœur, étourdissements et accès de toux, auxquels elle était sujette. Heureusement, ce régime de gâteries et d'adoration n'avait en rien altéré la charmante nature de l'enfant qui était devenue une ravissante jeune fille.

A dix-sept ans, elle avait été demandée en mariage par M. Hackson, un Anglais ridiculement riche, séduit par sa merveilleuse beauté.

La grand'mère et le frère, auxquels ce mariage ne convenait nullement, crurent devoir néanmoins faire connaître la demande à Suzanne. L'enfant l'accepta avec enthousiasme, grisée par le luxe inouï au milieu duquel M. Hackson lui apparaissait. La déception fut profonde.

Pendant treize ans, la jeune femme, repliée sur elle-même, trop fière pour avouer ses froissements intimes, supporta en silence ce mari qui l'adorait. Excellent homme, mais vaniteux à l'excès, ennuyeux comme la pluie et avare à ses heures, M. Hackson n'aimait que trois choses en ce monde : un bon dîner, sa femme, et sa bibliothèque. Et la pauvre Suzanne s'était royalement ennuyée sans vouloir en convenir, même avec Meg, qui affirmait que la vue seule de son beau-frère lui donnait sommeil.

Enfin, un dîner plus exquis encore que les autres emmena M. Hackson dans un monde meilleur, rendant à sa femme une liberté dont elle avait grand besoin.

Depuis dix-huit mois, elle habitait à Auteuil chez son frère et à Kerven chez sa grand'mère. C'est là qu'elle avait re-trouvé Pierre de Jurieu, le frère d'une de ses amies, Mme de Sauves, et l'ami intime des Garde. De cette continuelle intimité était résultée une véritable passion, profonde et violente chez Suzanne, plus calme mais absolument sincère chez Jurieu.

Quand Meg vit ce qui se passait, il était trop tard pour y porter remède. Elle comprit que de cet amour dépendait à présent la vie de sa belle-sœur, et elle se tut, attendant les événements.

Depuis un mois on était à Kerven chez la vieille marquise. Pierre, après y avoir passé quelques jours, était parti pour le Mont-Dore, où il faisait une saison.

Mme Hackson devant prendre des bains de mer, on avait décidé que Meg l'accompagnerait à Dinard après avoir été passer quelques jours à Paris.

CHAPITRE II

Pendant la semaine qui suivit l'explication au sujet de son mariage, Suzanne se montra moins triste. Elle recevait des nouvelles de M. de Jurieu qui se plaignait de la chaleur étouffante et de l'ennui du Mont-Dore. Il annonçait son retour à Paris vers le 4 ou le 5 août, et Mme Hackson, rassurée, faisait jurer à Meg de le ramener à Dinard.

Dès le lendemain de son arrivée à Auteuil, Mme de Garde vit Pierre. Il lui raconta sa vie aux eaux, où il s'était — disait-il — profondément ennuyé. Il venait à Auteuil chaque jour, semblait radieux de pouvoir parler ouvertement de son mariage, et annonçait l'intention d'aller rejoindre les deux belles-sœurs à Dinard.

L'avant-veille du départ de Meg, il vint déjeuner avec elle et la quitta à la porte du Jockey où elle l'avait conduit, en lui disant : à demain !

Mme de Garde fit ensuite quelques courses. Au moment de rentrer, elle se souvint qu'elle avait des livres à prendre à la Librairie Moderne, et donna l'ordre de retourner au boulevard.

— Ah ! madame !... — lui dit M. Level, le caissier, quand elle entra dans le magasin — les oreilles ont dû vous tinter ce matin ?...

— Pourquoi ça ?...

— Parce qu'on nous a beaucoup parlé de vous...

— Bah !... qui donc ?...

— Oh !... quelqu'un que vous ne connaissez pas !... Geneviève Roland...

— Geneviève Roland !... mais je la connais parfaitement !... quand j'étais petite, elle figurait déjà dans des revues !... et elle était jolie, jolie !... elle l'est toujours, d'ailleurs !... je l'ai rencontrée tantôt... Seulement je ne comprends pas pourquoi elle vous a parlé de moi, elle ne doit pas me connaître, elle ?...

— Précisément !... c'est ce qu'elle nous a dit... et elle nous a questionnés avec intérêt... elle veut probablement faire un article sur vous dans *le Parlement*... elle y fait les échos.

— Dans *le Parlement* ?... Geneviève Roland ?... — fit Meg, très surprise.

— Oui... elle nous a dit qu'elle y écrivait sous différents pseudonymes... entr'autres *Gant de velours*.

Mme de Garde éclata de rire. L'idée de la stupeur dans laquelle seraient certainement plongés les graves lecteurs du *Parlement*, s'ils venaient à apprendre qu'une grue rédigeait les échos qu'ils lisaient avec respect, l'amusait énormément. Si un journal bon enfant, à manche large, avait choisi un rédacteur de cette espèce, elle aurait compris ça, à la rigueur, mais *le Parlement* !... *le Parlement* doctrinaire et impitoyablement républicain !... Non, vrai, c'était trop drôle !...

— Ça vous fait rire ?... — dit M. Level.

— Oui !... mais ça ne me fait pas comprendre pourquoi elle ferait un article sur moi ?... à quel propos ?... Le Salon est passé depuis longtemps... il n'est plus temps de déchiqueter ma peinture...

— Je ne sais pas à quel propos... mais ce ne peut être que pour un article qu'elle nous a demandé des renseignements aussi précis...

— Des renseignements précis ?... — dit Meg étonnée — mais quoi, par exemple ?...

— Où vous demeuriez... si vous habitiez toujours Auteuil... si vous y étiez en ce moment, ou si, au contraire, vous étiez encore chez la marquise de Garde, au château de Kerven...

— Mais, dites-moi, elle me paraît pas mal au courant de mon existence, Mlle... Gant de velours ?...

— En effet...

— Comment sait-elle où ma grand'-mère habite... et que j'étais chez elle... et quel intérêt ça peut-il avoir pour elle... et surtout pour les lecteurs du *Parlement* ?...

— Dame !... je ne sais pas !... — elle nous a aussi demandé comment vous étiez physiquement ?... Moi, je crois qu'elle veut vous interviewer à domicile...

— Ça ! non !... d'ailleurs, je pars après-demain... Voudrez-vous m'envoyer mes livres comme c'est convenu... à Dinard, Grand-Hôtel... C'est égal, ça m'ennuierait bien d'avoir un article dans *le Parlement*...

surtout un article de *Gant de velours* !...
à présent que je sais qui c'est...

M. Level ne répondit pas, Mme de Garde était agacée.

— Je ne comprends pás... — dit-elle en sortant — pourquoi, si Geneviève Roland voulait sur moi des détails, elle ne les a pas tout bonnement demandés au rédacteur en chef du *Parlement* !... M. Claude Peyrolles aurait pu la renseigner...

Tandis que la voiture roulait vers le Bois, Meg, engourdie par la chaleur, rêvassait.

Elle se rappelait nettement cette Geneviève Roland qui jouait les grues aux Variétés et aux Bouffes et chantait faux, en souriant bêtement, un couplet niais ou graveleux. Mais elle était si idéalement jolie, si adorablement câline, si vicieusement naïve, qu'on la regardait sans se lasser jamais. Puis, plus tard, un peu après la guerre, elle avait entendu parler de cette fille dans des circonstances assez drôles.

Son cousin Jacques de Noue était en garnison à Pontivy. La tante de Noue avait obtenu cet exil pour l'enlever à l'influence de Geneviève. Complètement affolé par elle, Jacques faisait sottises sur sottises, et avait même, à son instigation, commis des actes jugés sévèrement.

Plus amoureux que jamais, le pauvre petit lui écrivait de Bretagne des lettres désespérées. Elle, tout en se consolant de son mieux à Paris, tenait à conserver Jacques sur la planche. Il avait 60,000 livres de rente et pouvait donner sa démission. Donc, elle le ménageait et lui répondait des pages émues, qui le transportaient d'admiration.

Dans un moment d'abandon, confiant ses chagrins à sa cousine Meg, il lui avait montré quelques-unes de ces lettres qui étaient vraiment d'un style étonnant, comme il faut, élégant, parfumé de cette odeur sentimentale et tendre qui fait songer aux belles amoureuses des siècles passés. Évidemment, la femme qui écrivait de telles lettres n'était pas la première venue. Mais en relisant les plus jolis passages, il semblait à Meg qu'elle retrouvait des pensées et des formules déjà vues et comme effacées dans un lointain indécis.

Ce fut M. Hackson qui expliqua ce phénomène. Sa prodigieuse mémoire précisa à l'instant à Jacques atterré la provenance réelle des adorables lettres qu'il couvrait de baisers. La cocotte copiait (en modernisant très légèrement le français un peu suranné) des passages entiers des lettres de la présidente de Tourvel dans *les Liaisons dangereuses*. Elle s'attribuait les regrets, les hésitations, les remords et les tendresses de cette femme fine, démodée et plaintive, intéressante et compliquée.

La révélation de M. Hackson — qui tira immédiatement de sa bibliothèque la preuve de ce qu'il avançait — désenchanta totalement Jacques de sa Geneviève, et, par lui, Meg n'en entendit plus parler.

Depuis, elle avait aperçu de loin en loin la jolie cocotte. D'abord au Palais-Royal où elle retrouvait son succès de beauté, ensuite dans un grand théâtre du boulevard où elle s'était signalée par un four gris. Pas de chute éclatante, mais pas le moindre succès.

Enfin, un beau jour, Mme de Garde lisait dans *le Parlement* une nouvelle annoncée à grand fracas. Mlle Geneviève Roland quittait le théâtre, faisait sa vente et disait adieu au monde galant. Elle allait — disait-on — se consacrer uniquement à la peinture et aux bonnes œuvres, et faire un emploi charitable des capitaux qu'elle considérait comme mal acquis. A ce moment, Meg était même allée visiter, pour voir s'il pouvait convenir à sa tante de Noue, l'appartement occupé par Geneviève Roland qui désirait sous-louer.

Tous ces souvenirs revenaient en foule à l'esprit de Mᵐᵉ de Garde. Puis ils s'effacèrent peu à peu et, en arrivant chez elle, elle avait complètement oublié Gant de velours.

Quand le lendemain à son réveil on lui remit le courrier, elle y trouva une lettre de son mari. M. de Garde n'était pas satisfait de la santé de Suzanne qui paraissait encore plus triste et plus nerveuse depuis quelques jours. Il était grand temps de la distraire un peu. Et Maurice ajoutait : « Tâchez donc d'amener Pierre à Dinard?... ce serait le meilleur remède, je crois. »

Suzanne écrivait à sa belle-sœur une petite lettre courte et chagrine. Depuis huit jours elle était sans nouvelles de Pierre. Jamais il ne restait aussi longtemps sans écrire. Est-ce que Meg ne l'avait pas vu?... Est-ce qu'il était malade?... Elle était bien tourmentée.

Une troisième lettre restait sur le plateau. Mᵐᵉ de Garde l'ouvrit. Elle contenait ceci :

« Vous ennuyez bien ce pauvre M. de Jurieu et vous ne semblez pas vous en douter. Mais il est juste de dire qu'il s'en plaint et se moque carrément de vous, de votre maison, et de tout ce qui vous concerne. Vous feriez bien de le laisser tranquille, et si, comme on le prétend, vous êtes une femme d'esprit, vous suivrez le conseil que vous donne

« Un ami. »

Très surprise, Meg retourna la lettre, se demandant ce que cela signifiait. Timbrée de Paris, écrite sur du papier blanc glacé très ordinaire, cette lettre était d'une petite écriture sèche et fine, assez semblable à celle des femmes d'il y a vingt ans.

Évidemment la lettre mentait. Meg connaissait trop bien le caractère de Jurieu pour n'en pas être absolument certaine. En admettant qu'il s'ennuyât dans sa maison, il ne s'en moquerait pas méchamment. Et s'il s'y ennuyait, pourquoi y viendrait-il continuellement comme il l'avait toujours fait, même avant d'y venir pour Suzette?...

En réfléchissant, elle se dit que cette infamie devait n'avoir d'autre but que de faire manquer le mariage de Pierre et elle chercha qui pouvait y avoir intérêt.

Rien ne semblait changé dans l'existence de Jurieu. Pendant le temps que Meg venait de passer à Auteuil, elle l'avait vu chaque jour. Il arrivait gaîment, lui demandant à déjeuner ou à dîner, parlant tout le temps de Suzanne avec tant d'amour et de véritable affection que, peu à peu, Mᵐᵉ de Garde se rassurait. Elle espérait que Pierre aimerait sérieusement sa femme et elle commençait à croire que la beauté de Suzette compenserait les quatre ans qu'elle avait de plus que lui.

En répondant à son mari, Meg lui apprit l'arrivée de la lettre anonyme en disant seulement : « J'ai reçu une lettre anonyme (d'ailleurs insignifiante) qui concerne Pierre. N'en parlez pas à Suzanne. »

Dans la journée, elle alla chez les de Sauves. Elle comptait emmener Jurieu dîner à Auteuil. Elle voulait lui montrer la lettre, afin de savoir s'il soupçonnait quelqu'un. Mais elle apprit par Mᵐᵉ de

Sauves que son frère était parti la veille sans dire où il allait. Il devait être cinq ou six jours absent.

Le lendemain, Meg arrivait à Dinard. M. de Garde et Suzanne l'y attendaient, mais Maurice repartait le soir même, des travaux le rappelaient à Kerven. Il n'était venu que pour accompagner sa sœur qu'il trouvait souffrante et n'avait pas voulu laisser voyager seule. Effectivement, Mme Hackson était très changée. Pendant ces quinze jours, une transformation complète avait eu lieu. Sa fraîcheur avait fait place à cette pâleur rosée, légèrement accentuée aux pommettes, qui inquiétait si fort Meg.

Dès que les deux belles-sœurs furent seules, Suzanne demanda anxieusement :

— Pourquoi Pierre ne m'écrit-il plus?...

— Je n'en sais rien!... je l'ai vu très souvent... Lundi encore il a déjeuné avec moi... et, naturellement, nous n'avons parlé que de toi... Il m'a dit qu'il allait venir nous rejoindre ici avant d'aller à Kerven... et que nous partirions tous ensemble...

— Mais, hier, quand tu as reçu ma lettre, est-ce que tu ne lui as pas dit combien j'étais triste?...

— Hier... je ne l'ai pas vu!... — dit Meg, avec un peu d'embarras.

— Comment?... la veille de ton départ?... lui qui va à Auteuil tous les jours... surtout en été... Il y a quelque chose, bien sûr?...

— Mais non!... en recevant ta lettre, je suis allée au Cours-la-Reine...

— Eh bien?...

— Eh bien! j'ai vu Gilberte qui m'a dit que son frère était absent pour deux ou trois jours... Il est parti lundi soir...

— Où est-il?...

— Dame!... tu comprends que je ne le lui ai pas demandé!...

— Toi?... toi?... ça te gênerait de demander ça à Gilberte?... Allons donc!... mais tu questionnerais très bien M. de Jurieu lui-même, si tu en avais envie! Pourquoi n'es-tu pas franche?... tu sais où il est, et tu ne veux pas me le dire?...

— Je te jure que non!...

La jeune femme n'insista plus. Elle se leva d'un mouvement brusque et heurté qui contrastait avec sa languissante souplesse habituelle, et prenant son chapeau :

— Je vais faire un tour sur la plage, j'étouffe!...

— Je vais avec toi!...

— Non... je ne le veux pas!... tu es fatiguée de ton voyage!... je ne suis plus une enfant... il me semble que je peux sortir seule!...

Meg, ne voulant pas la contrarier, la laissa descendre puis sortit derrière elle et la suivit à distance.

Suzanne marchait à une allure inégale, rapide, Mme de Garde pouvait à peine la suivre. Elle courut ainsi longtemps sur la plage déserte. Puis, retournant tout à coup brusquement sur ses pas, elle vint droit à Meg qui n'eut pas le temps de se cacher :

— Pourquoi me suis-tu?... je te l'avais défendu... Va-t'en!...

— Suzette, je t'en prie?... — dit doucement Mme de Garde.

— Va-t'en!... — répéta la jeune femme! — va-t'en!...

Puis elle murmura d'une voix brisée de sanglots :

— Pardon!... pardonne-moi!... je suis si malheureuse... s'il ne m'aimait plus?... s'il me trompait... je mourrais, vois-tu?...

— Pourquoi parler de ces choses?... —

dit vivement Meg — Pierre t'adore...

— Oui... Mais je veux qu'il n'adore que moi seule... entends-tu?... Oh ! je sais ce que tu penses !... avec tes idées et ton caractère indulgent, tu te dis qu'un homme peut aimer ou avec son cœur... ou autrement... et qu'une femme raisonnable ne doit pas exiger d'un fiancé de vingt-huit ans une fidélité absolue... Eh bien ! oui... peut-être?... mais je ne suis pas seulement une fiancée, moi !... tu ne sais pas tout... je suis...

— Tais-toi !... je sais !... je sais !...

Mᵐᵉ Hackson s'était assise sur une barque échouée dans le sable. Elle restait muette, ne bougeant plus, écoutant le grondement de la mer qui montait. Et elles étaient là toutes deux perdues dans la nuit noire. Au loin le Casino tachait l'ombre d'un grand point lumineux, tandis que le bruit assourdi d'un refrain canaille arrivait jusqu'à elles.

— Rentrons !... — dit Meg — il est très tard... l'hôtel va être fermé... et il est vraiment bizarre que nous soyons dehors seules à cette heure...

Suzanne ne parut pas entendre. Et après un instant, elle reprit :

— Ainsi, tu savais tout?... Eh bien ! oui ! j'ai été lâche !... l'idée que M. de Jurieu ne m'attendrait pas fidèlement me torturait !... Dès qu'il me quittait, je me demandais où il allait !... quand il me revenait, je voulais savoir où il était allé, ce qu'il avait fait?... Je sentais qu'il n'était à moi qu'à demi... il me le fallait tout entier... c'est pour ça que je me suis donnée... et que j'ai été... que je suis sa maîtresse !... Mais tu ne comprends pas ces choses-là, toi?... tu ne sais pas ce que c'est que la jalousie... C'est atroce !...

— Si... — dit Mᵐᵉ de Garde — je comprends ta souffrance... mais elle n'a aucune raison d'être... Jurieu t'aime autant... plus que jamais... Rien ne peut t'inquiéter...

— Bien vrai?...

— Bien vrai !... — répéta Meg, qui pensait malgré elle à la lettre anonyme.

En rentrant à l'hôtel, Mᵐᵉ Hackson fut prise d'une violente fièvre. Toute la nuit elle eut le délire. Toute la nuit sa belle-sœur, assise au pied de son lit, l'entendit appeler Pierre. Vers le matin, elle allait mieux. Une lettre de Jurieu la remit tout à fait. Il annonçait son arrivée.

Suzanne sautait de joie comme un enfant.

— Plus que trois jours à attendre !... — disait-elle — quel bonheur, Meg !... quel bonheur !...

Meg était beaucoup plus calme.

Le même courrier lui avait apporté une nouvelle lettre anonyme, contenant, à peu de chose près, les mêmes avertissements que la première, mais écrite en caractères d'imprimerie découpés dans des journaux. Cette fois Jurieu n'était désigné que par un J. L'enveloppe — timbrée d'Yport et adressée *à la marquise de Garde, Dinard* — était, comme l'intérieur de la lettre, en caractères d'imprimerie soigneusement collés.

Meg se creusait la tête pour savoir de qui venaient ces lettres, dont le but évident était de la brouiller avec Jurieu. Elle comptait en parler à Pierre dès son arrivée, mais elle le vit si joyeux et si amoureux de Suzanne qu'elle ne voulut pas le troubler. Et elle déchira les deux lettres se disant que, décidément, se taire valait mieux.

Le séjour à Dinard se prolongea peu. Suzanne et Pierre se sentaient plus libres à Kerven, ils avaient hâte d'y revenir.

Le jour de son retour, en entrant dans

sa chambre, Mᵐᵉ de Garde aperçut, posée sur son bureau, au milieu d'autres lettres arrivées le matin, une enveloppe d'un gris bleuté, dont l'adresse, formée de caractères découpés et collés, attira tout de suite son attention.

La lettre était, cette fois, timbrée de Spa. Elle disait :

« J. se moque de plus en plus de vous. On l'a vu à Yport avec une femme dont il est fou et qu'il ne quitte plus. Il s'occupe uniquement de celle qu'il aime, et tient à vous si peu qu'il vous laisse insulter sans vous défendre. »

Cette lecture inquiéta sérieusement Meg. Elle commençait à comprendre qu'on la croyait la maîtresse de Jurieu et qu'à ce titre, on l'avertissait de ce qu'il faisait. Elle avait reçu d'Yport une lettre anonyme. Elle en recevait de Spa une autre lui parlant de ce qui s'était passé à Yport. Tout s'enchaînait assez nettement et il résultait pour elle de tout cela que Pierre était allé à la mer avec une femme quelconque, tandis que Suzanne, souffrante, l'attendait en se désespérant.

En ce moment, Meg s'emporta sincèrement contre Jurieu, et courut, la lettre à la main, chez son mari qu'elle mit au courant de tout.

M. de Garde prit très philosophiquement la chose.

— Mais, sac à papier !... — dit-il à Meg — vous n'avez pas, je pense, la prétention de faire de Pierre une rosière momentanée !... il y a dix mois qu'il attend que Suzanne ait suffisamment pleuré cet excellent Hackson... que j'aimais de tout mon cœur, mais pour lequel je trouve qu'un an de regrets eût été très suffisant !... Suzette a imposé à Jurieu une année encore de soupirs et de cour !... franchement, c'est trop !...

Meg allait riposter, avouer à son mari ce qu'elle savait, mais M. de Garde reprit :

— Vous autres, vous ne comprenez rien à ça !... il vous faut des sentiments exclusifs... or, il n'est pas donné à tout le monde de vivre de sentiment !... c'est même une assez maigre chère pour un garçon de vingt-huit ans, fort comme un Turc et gai comme un pinson... Que diable ! la Bible elle-même nous enseigne la tolérance !... quand Laban força Jacob à travailler pendant sept ans afin d'obtenir Rachel, il lui donna Lia pour le faire patienter...

Voyant que sa femme continuait à tortiller la lettre, Maurice ajouta :

— Si, par exemple, je pouvais pincer le drôle qui écrit ces turpitudes, je passerais un bien agréable quart d'heure...

— Vous croyez donc que c'est un homme ?... — demanda Meg.

— Je n'en sais rien, mais ce serait un monsieur qui veut se débarrasser de Jurieu en le faisant « retenir » ailleurs, que ça ne m'étonnerait pas... Heureusement on n'a pas deviné la vérité, car si cette pauvre Suzette avait reçu cette lettre, elle serait désolée !

— Si elle savait que Jurieu la trompe, elle deviendrait folle !...

— Mais sapristi ! il ne la trompe pas encore !... — s'écria Maurice agacé — l'été prochain Suzette pourra se plaindre... mais aujourd'hui Jurieu est dans son droit !... Allons, déchirez ça, c'est ce qu'il y a de mieux à faire !...

Meg demeura mécontente et tourmentée. Elle lut et relut vingt fois la lettre, épelant pour ainsi dire les mots qui se gravaient dans sa tête, puis se décida à la déchirer, mais lentement et à regret.

Le soir au moment du dîner, comme la vieille marquise, assise sur la terrasse, montrait à Meg sa petite-fille qui rentrait tendrement appuyée au bras de Pierre. M. de Garde se pencha à l'oreille de sa femme et lui dit, désignant Jurieu :

— Dites donc?... croyez-vous qu'il pense beaucoup à la femme d'Yport?...

— Non !... mais c'est égal, je serais plus tranquille si elle n'existait pas !...

CHAPITRE III

Elle ne croyait pas si bien dire, la pauvre Meg ! Car, à partir de ce jour, c'en fut fait de sa tranquillité. Rentrée à Auteuil pour surveiller des réparations tandis que M. de Garde restait à Kerven pour la chasse, elle y trouva, l'attendant comme en Bretagne, une lettre de son correspondant inconnu. Même procédé de collage, même enveloppe gris bleuté, et encore le timbre de Spa. La lettre disait :

« J... continue et rejoint à Spa celle qu'il aime de plus en plus.

« Vous êtes vraiment trop complaisante ou trop bête. »

Cette fois, Meg déchira la lettre sans hésiter. Elle avait laissé la veille, à Kerven, Jurieu qui ne songeait nullement au départ.

Mais si le correspondant était mal renseigné en ce qui concernait Pierre, il n'en était pas de même en ce qui la concernait, elle ! Il se trouvait singulièrement au courant de tout ce qu'elle faisait, de ses allées et venues et des dates de ses différents déplacements.

Deux jours plus tard, elle fut stupéfaite d'apprendre, par une lettre de Suzanne, que M. de Jurieu, appelé par des affaires pressantes, quittait Kerven. Il serait défi-

nitivement rentré à Paris dans quinze jours ou trois semaines. Mme Hackson ajoutait que sa grand'mère, son frère et elle, rentreraient aussi à ce moment-là.

« Tu vois, Meg... — disait-elle en terminant — que nous n'allons pas te laisser longtemps seule. »

En recevant cette lettre, Mme de Garde alla immédiatement chez les Sauves. Le concierge lui dit qu'on restait à Sauves quinze jours encore. M. de Jurieu était, il est vrai, venu la veille, mais n'avait fait que traverser Paris. Il était en voyage pour quelque temps. Meg demanda son adresse. On ne la savait pas, « monsieur n'avait rien dit ». Elle rentra affreusement triste, maudissant l'égoïsme féroce de Pierre et se désespérant à l'idée de tout ce que Suzanne souffrirait.

Mme Hackson ne se doutait de rien. Ses lettres semblaient gaies. Elle parlait à sa belle-sœur de tous ses projets, et Mme de Garde était navrée de cette confiance aveugle dans un avenir qu'elle entrevoyait si terriblement noir.

Au bout de dix jours, qui semblèrent à Meg longs comme une année, elle reçut une dépêche de Pierre s'annonçant à déjeuner. Il arriva rieur, étourdi, amusant comme toujours, et ne s'aperçut même pas que « son vieux camarade », comme il appelait familièrement Meg, lui faisait moins bon accueil qu'à l'ordinaire. Il passa la journée à Auteuil, resta à dîner et s'enquit fiévreusement du retour de Suzanne. Elle lui écrivait, à lui, qu'elle revenait le 5 octobre. Était-ce vrai, au moins?... — Dieu ! que c'était long d'attendre jusque-là !...

Et il ajouta en riant :

— Dans tous les cas, je ne vous quitte plus !... Je me cramponne, je m'incruste ! vous ne parviendrez pas à vous débarrasser de moi !... il faudra me subir bon gré mal gré !...

Meg pensa :

— Tiens !... il paraît que la femme d'Yport et de Spa n'est pas à Paris !...

Et elle eut envie de lui parler des lettres, mais elle n'osa pas.

Le lendemain matin, elle alla faire des courses. Elle avait averti Jurieu afin qu'il rejoignît la voiture, si bon lui semblait, pour revenir à Auteuil. Pierre fut exact au rendez-vous et elle le trouva installé dans la victoria.

Rue Royale, ils croisèrent un coupé à la portière duquel une tête se précipita violemment, les dévisageant avec une insistance étrange. Dans cette figure, dont l'expression n'était rien moins que tendre, Meg reconnut les jolis traits de Geneviève Roland. Machinalement, elle se retourna. Geneviève, à demi sortie par la portière, parlementait avec son cocher, et, lentement, son coupé tournant sur lui-même remontait la rue Royale cinq ou six mètres derrière la victoria. Meg regarda Jurieu. Il ne s'était aperçu de rien. Même, la voyant se retourner encore, il demanda :

— Qu'est-ce que vous regardez donc si attentivement ?...

— Rien ?... — dit-elle.

Ils montèrent les Champs-Élysées, puis l'avenue du Bois. Le coupé les filait toujours. Involontairement, Meg regarda plusieurs fois en arrière, et Pierre, se retournant aussi, répéta :

— Mais, positivement, vous êtes préoccupée !... Qu'est-ce que vous avez ?...

A la porte du Bois, le coupé les quitta enfin.

— Pourquoi nous a-t-elle suivis ?... — se demandait Mme de Garde — est-ce elle qui est « la femme qu'il adore »... à Yport ?...

Et la conversation de la Librairie Moderne lui revenait à l'esprit. Geneviève Roland, pour les soupeurs parisiens, Gant de velours, pour les lecteurs du *Parlement*, avait demandé où elle était, où elle allait, s'était, en somme, renseignée sur ses projets d'été. Et le lendemain du jour où Gant de velours prenait à la Librairie Moderne ces minutieuses informations, elle avait reçu la première lettre, la lettre manuscrite, celle où Jurieu était nommé. Puis, à Dinard, une autre lettre lui arrivait, également bien adressée; puis à Kerven, avec une adresse compliquée, celle-là, et parfaitement exacte aussi. Et dire qu'elle avait chaque jour parcouru scrupuleusement les échos du *Parlement*, tremblant d'y apercevoir son nom !...

Pas d'écho la concernant, mais, en revanche, des lettres anonymes ! Quel bonheur que, du moins, cette fille fût partie sur une fausse piste ! La pauvre Suzette ! quel chagrin pour elle si elle eût appris la vérité !

— Vous avez l'air bien grave !... — dit tout à coup Pierre — je parie que vous vous ennuyez ?... Voulez-vous que nous fassions une petite fête ce soir... ou demain ?... Tenez, demain, Sauves vient passer vingt-quatre heures à Paris... nous dînerons au cabaret avec lui, et nous irons... voyons ?... où diable pourrions-nous bien aller ?... A l'Odéon !!! voir *le Chemineau ?*... C'est une idée pas banale ! Hein ?... ça vous va-t-il ?...

— Très volontiers !... — dit Meg — Maurice exècre le théâtre et Suzette ne sort pas à cause de son deuil... il vaut mieux aller à l'Odéon avant leur arrivée... les premières vont commencer et Maurice en aura assez sans supplément...

En quittant Mme de Garde, Pierre lui donna rendez-vous pour le lendemain à sept heures aux galeries de l'Odéon.

— J'irai directement avec mon beau-frère... — lui dit-il — et nous dînerons dans le quartier.

Le lendemain, Meg, à l'Odéon, aperçut dans une baignoire Geneviève Roland la dévisageant comme la veille. Elle comprit que Jurieu devait lui rendre compte de ses actions ou que, sinon, elle le filait.

Deux jours plus tard, reprise des lettres anonymes. Toujours le système de collage, mais un papier blanc commun :

« Mettez J... à la porte, il se moque de vous... » etc., etc., etc.

— Quel intérêt a-t-elle à m'écrire ça?... — se demandait Meg — n'est-ce pas plutôt, comme le croyait Maurice, quelqu'un que la présence de Jurieu chez elle offusque ou gêne et qui, me supposant une autorité sur lui, espère que je l'empêcherai de retourner dans la maison?...

Puis, peu à peu, elle revenait à sa première idée. Tout la ramenait directement à Gant de velours. Tout, jusqu'au timbre de départ de cette dernière lettre : *avenue de la Grande-Armée*. Geneviève Roland demeurait avenue de la Grande-Armée ! Elle le savait bien, puisqu'elle avait autrefois visité l'appartement qu'elle occupait encore.

Suzanne, la vieille marquise et M. de Garde étaient de retour. La vie d'hiver reprenait peu à peu et, bien qu'on ne fût qu'au 15 octobre, les premières se succédaient. A toutes celles où elle allait, Mme de Garde apercevait, dans la loge du *Parlement*, Gant de velours, trônant aux côtés de son rédacteur en chef.

Mme de Garde aimait encore le théâtre, mais une chose pourtant diminuait son plaisir. Le lendemain de chaque première, lorsque Jurieu était venu dans sa loge la veille, elle recevait une lettre anonyme

toujours conçue dans le même sens :

« Ce bon monsieur se moque de vous. »

Ou encore :

« Mettez J... à la porte. Il se moque carrément de vous. Demandez-lui où il va quand il s'absente et avec qui il a voyagé. »

Seulement, le timbre de départ des lettres n'était plus le même. Vers le 12 ou le 15 octobre, le timbre du *boulevard Malesherbes* avait remplacé celui de l'avenue de la Grande-Armée. Et Meg, s'informant, apprenait que Geneviève Roland avait quitté son appartement pour s'installer dans le quartier Saint-Augustin. Elle ne savait pas précisément où, mais enfin, les renseignements coïncidaient singulièrement avec le nouveau timbre des lettres.

Alors, elle questionna Jacques de Noue et lui raconta ce qui se passait.

Jacques lui apprit que c'était pendant son séjour au Mont-Dore que Jurieu avait connu Geneviève Roland.

— Ça a été très drôle !... — dit-il — tu sais... ou plutôt tu ne sais pas... qu'à présent Geneviève joue à la madame honnête... elle a repris le nom de son mari... un brave garçon disparu il y a une vingtaine d'années un peu rapidement, emporté par une maladie... indéterminée jusqu'ici !... Elle fait de la peinture... bâtit des hôpitaux... et écrit au *Parlement* sous un tas de pseudonymes...

— Pas seulement Gant de velours?...

— Eh ! Gant de velours et bien d'autres !... elle signe *Jean Modeste* de petites pauvretés larmoyantes genre morale en action... tu vois ça d'ici ! *Sipy* et *Saint-Simon* de quelconques reportages... Dans l'habitude de la vie, elle nous la fait maintenant à la vertu... quand il y a là plusieurs personnes... ou que celui avec qui elle est seule ne lui plaît pas... parce

que, il y a encore une chose que tu ignores...
elle a, à présent, « *du bien de chez elle* », alors
elle peut choisir !...

— Et elle a choisi Jurieu?...

— Ah ! ça n'a pas traîné, je t'en ré-
ponds !... je le lui ai présenté le jour de
son arrivée au Mont-Dore au moment
du dîner... car c'est moi qui le lui ai présenté...

— Une jolie idée que tu as eue là !...

— Je ne pouvais pas me douter... Enfin, je le lui ai présenté le soir... et le
lendemain, le lendemain, tu m'entends?...
ça y était !...

— Singulière façon de vous « la faire
à la vertu », comme tu dis?...

— N'est-ce pas?... et le plus cocasse,
c'est qu'elle s'imaginait que nous ne nous
doutions de rien !... C'était drôle comme
tout !...

— Ce qui n'est pas drôle... c'est la vie
qu'aura cette pauvre Suzette !...

— Ah ! le fait est que, n'étant pas tolé-
rante, cette bonne Suzette a tort d'épouser un mari plus jeune qu'elle... et plus
jeune même que son âge... c'est fou !... et
je n'ai jamais compris comment toi, qui
as tant d'influence sur elle, tu n'as pas
essayé de l'empêcher de faire cette irré-
parable boulette...

— C'est impossible !... elle aime Jurieu
avec tout l'emportement de sa nature
chaude et passionnée... Si elle ne l'épou-
sait pas... elle en mourrait de chagrin !...

— Oh ! tu sais... on dit ces choses-là !...

— Et on les fait !... quand on est frêle
et impressionnable comme Suzanne !...

— Peut-être?... mais je vois ce mariage avec ennui !... je suis sûr que ça
tournera mal... Enfin, il est encore heureux que cette grue de Geneviève ne se
doute de rien !... parce que si elle soupçonnait la vérité, nous serions gentils !...

Qu'elle te croie la maîtresse de Pierre, ça
n'a aucune importance !...

— Eh bien ! mais !... dis donc?...

— Oui, parce qu'elle lutte... elle pense
avoir autant de chances que toi... elle
cherche à prendre la corde et, pour ce,
elle emploie des moyens relativement
doux !... mais si elle flairait le mariage,
Seigneur !... elle serait capable d'assassi-
ner Suzanne !...

— Tu n'exagères jamais rien, toi !...

— Ah ! on voit bien que tu ne la connais pas !... elle est capable de tout, cette
femme-là !...

— Tu lui en veux toujours de t'avoir
écrit les lettres de la présidente de Tourvel?... — dit Meg en riant.

— Pas du tout !... j'en ai vu bien
d'autres depuis quinze ans, va !... Mais
il ne faut pas se fier au sourire d'ange de
Geneviève... et, puisqu'elle t'attribue à
Pierre... si j'étais à ta place, j'ouvrirais
l'œil !

CHAPITRE IV

Le lendemain d'une première représentation aux Variétés, à laquelle assis-
taient, dans une baignoire en face de celle
des Garde, Gant de velours et Claude Peyrolles, la lettre anonyme se modifia. On
offrait à Meg de lui montrer des preuves.

« Soyez demain jeudi, à six heures
moins un quart, devant chez Mme de
Païva, on vous montrera des lettres qui
vous intéresseront. »

Curieuse de savoir enfin ce qu'on lui
voulait, Mme de Garde se décida à aller
au rendez-vous. Elle ne parla à personne
de la lettre, mais elle la mit dans son
porte-cartes, ainsi que les deux dernières

2

reçues, bien en évidence au milieu des cartes de visite. De cette façon — pensat-elle — si, par hasard, il m'arrivait quelque chose, on saurait tout de suite à quoi s'en tenir. Elle n'avait pas précisément peur, mais une crainte vague qu'elle ne pouvait définir.

Au moment où elle allait sortir pour se rendre aux Champs Élysées, Pierre entra en bombe.

— C'est moi!... je viens dîner!... Suzette n'est pas rentrée, alors il faut me supporter!...

Et Meg, rageant, manqua l'heure du rendez-vous.

Le soir, une discussion s'étant élevée à propos de la rédaction de la carte de la Société protectrice des animaux :

— Il est facile de vérifier... — dit Mme de Garde — j'ai là ma carte!...

— Montrez?... — demanda Pierre.

Meg lui lança son porte-cartes.

— Cherchez!...

Jurieu chercha et, en cherchant, s'amusa à fureter. Tout à coup, il s'écria :

— Qu'est-ce que c'est que ça?

Et, stupéfait, il sortit les lettres anonymes dont la singulière physionomie attirait l'œil, Meg les avait tout à fait oubliées. Il fallait s'expliquer.

Suzanne, fatiguée, venait de monter chez elle. En quelques mots, Jurieu fut mis au courant.

Meg lui apprit comment elle avait été amenée à soupçonner Geneviève Roland; la visite à la Librairie Moderne; les lettres d'Yport et de Spa; les rencontres de la rue Royale et de l'Odéon; la pluie de lettres depuis que les premières avaient recommencé, et enfin le changement de bureau de poste coïncidant avec le changement de domicile.

Jurieu répondit qu'ayant rencontré Ge-

neviève au Mont-Dore il avait ensuite voyagé avec elle, mais il ne précisa ni la nature de ses relations, ni les endroits où il était allé.

Néanmoins, Mme de Garde vit qu'il louchait obstinément sur l'enveloppe bleutée, qui contenait une des lettres. C'était une enveloppe semblable à celles venues déjà de Spa. Il regardait le côté de l'enveloppe où manquait un morceau déchiré et semblait chercher un signe quelconque.

— C'est dommage que cette enveloppe soit déchirée!... — dit-il enfin. — Vous n'avez pas reçu d'autre lettre depuis celle-là?...

— Oh! si!... Vous étiez hier aux *Tenailles* avec nous... alors, naturellement, il est arrivé une lettre ce soir....

— Voulez-vous me la montrer?...

Meg alla chercher la lettre. Elle était plus précise encore que les autres.

« Si vous continuez à recevoir J..., il vous arrivera malheur ! »

— Oh! oh!... des menaces?... — dit Jurieu en riant. Et il ajouta :

— Il faut conserver soigneusement ces lettres...

Il arriva encore deux lettres que Meg garda docilement.

La dernière venue disait :

« J... n'est pas un honnête homme. Il dit à mots couverts que vous êtes sa maîtresse et que vous aliénez sa liberté. Si vous ne venez pas demain dimanche, à sept heures du soir, derrière le cirque des Champs-Élysées, vous vous en repentirez *bientôt*. »

Cette fois, Meg n'eut même plus l'idée d'aller au rendez-vous.

Le départ de Mme Hackson pour Nice venait d'être décidé. L'automne ramenait les battements de cœur et les troubles nerveux de l'hiver précédent et le docteur exigeait un changement de climat immédiat. La vieille marquise accompagnait sa petite-fille. M. de Garde allait installer sa grand'mère et sa sœur, et Pierre les rejoignait dans quelques jours.

Les voyages de nuit fatiguant beaucoup Suzanne, elle devait partir le matin et coucher en route. Le départ était fixé au mardi. La veille, Mme Hackson chargea sa belle-sœur d'une quantité de commissions et Meg s'apprêta à partir, laissant Suzette avec Jurieu.

— Je serai peut-être en retard pour le dîner — dit Mme de Garde — tu sais qu'il y a les Sauves et Jacques?... J'ai bien recommandé à grand'mère de ne pas m'attendre du tout!...

— Ah! c'est vrai!... — fit Pierre en riant! — c'est aujourd'hui lundi!... c'est la fameuse leçon de Stéphane!...

— Oui... et comme je n'ai pas la voiture, je ne rentrerai pas vite...

— Comment vas-tu à Paris?... — demanda Suzanne.

— Grand'mère m'emmène... je vais faire des courses avec elle... elle me mettra ensuite rue de Lisbonne... Après ma leçon, je prendrai un fiacre comme tous les lundis depuis que le cocher fait ses vingt-huit jours!... A ce soir!...

— A ce soir!... — répondit Mme Hackson — tu monteras me voir... le docteur ne veut pas que je dîne en bas... j'ai eu un commencement de crise et il me défend le changement de température aujourd'hui... L'air est pourtant bien doux, n'est-ce pas?...

— Oui, mais très humide!... il pleut tout le temps!...

A quatre heures, la vieille marquise laissa Meg rue de Lisbonne, à la porte de Stéphane.

Le célèbre peintre avait consenti à faire travailler Mme de Garde. Mais, pour la forcer à dessiner et l'empêcher de peindre, il exigeait qu'elle vînt à la tombée du jour.

— La couleur, ça va bien!... — disait-il toujours à son élève... — mais le dessin, hum! hum!...

Stéphane aimait beaucoup Meg, et Meg avait pour son maître une véritable affection. Depuis six ans, elle n'avait pas manqué un seul lundi, pendant le temps qu'elle passait à Paris, d'aller rue de Lisbonne. Dans sa famille, on la taquinait sur son exactitude proverbiale, et Jacques de Noue prétendait qu'à son âge ça avait l'air bête de prendre encore des leçons! Il affirmait que, passé trente ans, on ne pouvait plus faire aucun progrès.

Ce jour-là, Meg travailla comme à l'ordinaire. Mais ayant terminé à six heures moins un quart la copie du plâtre qu'elle dessinait, elle se leva et remit son chapeau.

— Tiens!... — dit Stéphane — qu'est-ce qui vous arrive?... il n'est pas six heures?...

— Non!... mais il y a du monde à dîner chez moi et je n'ai pas la voiture... Je vais partir pour n'être pas trop en retard...

— Il pleut... Voulez-vous qu'on aille vous chercher un fiacre?

— Du tout! je vais traverser le parc Monceau et en prendre un rue de Prony.

Quand Mme de Garde sortit, il faisait complètement nuit. Elle suivit la rue de Lisbonne en se dirigeant vers le parc Monceau. Il pleuvait. Au coin de l'avenue de Messine, un fiacre stationnait. Meg le remarqua, mais elle pensa qu'il était gardé. D'ailleurs elle n'aperçut pas le cocher et, traversant l'avenue, elle entra dans le parc.

Un peu avant d'arriver à la grille, elle

fut dépassée par une femme qui la suivait. Cette femme marchait rapidement et elle la perdit tout de suite de vue. La pluie augmentait. Meg passa la première grille et, montant sur le petit trottoir de droite, se disposa à ouvrir son parapluie. Ce n'était pas chose facile. Elle avait sur le bras gauche une pelisse et à la main un grand rouleau de dessins. De la main droite, elle tenait son parapluie dont elle essayait de détacher l'anneau. Au moment où elle atteignait la seconde grille, elle vit, aussi distinctement que le lui permit sa myopie, la femme qui revenait vers elle à petits pas pressés. C'était une personne de taille moyenne, couverte d'un très long manteau sombre. Un voile de gaze épaisse, s'enroulant autour d'une toque à aigrette, cachait sa figure. Lorsqu'elle fut tout près de Mme de Garde, elle leva la main d'un geste si étrangement brusque, que Meg, sans se douter cependant de ce qui arrivait, plaça instinctivement son bras replié devant son visage.

Alors, elle se sentit inondée d'un liquide à la fois brûlant et glacé, d'une sorte de vernis gluant, dont l'odeur âcre et violente la suffoqua. Et elle resta un instant abrutie, effarée, les jambes molles, prise d'un vague désir de se coucher à terre, et n'osant pas enlever son bras pour regarder ce qui se passait.

Pendant ces six ou sept secondes, tout un monde de pensées s'agita dans sa tête !...

Elle revit les lettres anonymes; elle se souvint de ces mots de Jacques de Noue : « elle est capable de tout, cette femme-là ! »

— Et, sans hésiter, elle se dit :

— C'est Gant de velours !...

Quand elle ôta enfin le bras qui cachait ses yeux, elle se retourna tout de suite.

Elle s'était sentie frôlée à gauche par l'inconnue qui se sauvait.

Prenant son lorgnon elle aperçut, déjà loin d'elle, la femme qui s'enfuyait vers l'avenue et elle se mit à sa poursuite. Mais elle courait difficilement, toute secouée qu'elle venait d'être par la peur.

Elle eut l'idée de crier. Quelques rares parapluies apparaissaient au croisement de l'avenue de Messine et de la rue de Monceau. Mais la crainte du scandale arrêta son appel. Elle se vit dans un attroupement face à face avec cette fille ! Quel stupide fait divers !

La femme atteignait la voiture que Meg avait remarquée stationnant au coin de l'avenue.

— C'est fini !... — pensa-t-elle — je ne la rattraperai pas !...

Cependant, avant que la dame ne montât dans le fiacre, il y eut un temps d'arrêt qui permit à Mme de Garde de gagner du terrain, et elle n'était plus guère qu'à huit ou dix mètres quand la voiture partit, descendant l'avenue.

Voulant prendre le numéro, elle continua de courir.

Peu à peu ses jambes se consolidaient, mais elle commençait à sentir au bras, à la main et à la poitrine, d'insupportables douleurs, tandis qu'un malaise indéfinissable l'envahissait.

Le fiacre descendait toujours l'avenue, suivant à un trot paisible la droite de la chaussée. A côté, sur le trottoir, Mme de Garde courait, essayant d'arriver au niveau de la lanterne.

— Cocher, arrêtez !... Arrêtez !... — cria-t-elle plusieurs fois.

A plusieurs reprises aussi, la femme voilée passa sa tête à la portière, et Meg distingua de nouveau les plumes droites du chapeau. Mais elle se fatiguait, elle sentait venir le moment où elle allait perdre du terrain au lieu d'en gagner. Placée en arrière de la lanterne, elle avait beau lorgner, elle n'apercevait pas le numéro. Enfin elle eut l'idée de se rapprocher des maisons. En même temps le fiacre, pour éviter un obstacle quelconque, ralentit un peu, prenant le milieu de l'avenue et, de biais, Meg vit distinctement luire le grand œil rouge sur lequel elle lut : 2827.

Alors elle s'arrêta. Elle n'en pouvait plus et elle était prise d'une envie folle d'ôter ce corsage trempé qui la brûlait terriblement. Elle cherchait à écarter la manche qui entrait dans les chairs du bras, à arracher le gant qu'elle sentait s'incruster sur sa main. Mais le gant droit, en se mouillant au contact de l'autre, devenait glissant et rendait ses doigts maladroits. Une espèce de ruisseau coulait, sortant de la pelisse qui avait reçu la plus grande partie du liquide.

— Bien sûr, c'est du vitriol !... — pensait Meg en descendant la rue de Lisbonne — ça fait joliment mal !...

Elle trouva enfin une pharmacie.

— Monsieur... — dit-elle à un jeune homme qui s'avançait pour la servir — on vient de me lancer quelque chose qui me brûle horriblement... Voulez-vous me soigner, je vous prie ?...

— Mon Dieu !... — s'écria le pharmacien... — c'est de l'acide sulfurique !... Entrez vite ici !...

Un autre employé accourait :

— De l'acide sulfurique !... Encore ! c'est dégoûtant à la fin, ces histoires-là !...

Meg avait jeté sur le comptoir sa pelisse, son parapluie et le rouleau de dessins. Elle était consternée en se voyant à la lumière. Sa robe de drap loutre était devenue orange aux places mouillées. Un monsieur assis dans la boutique la regardait curieusement.

Le pharmacien poussa Mme de Garde dans une petite pièce sombre, leva le gaz et lui montra un divan en disant :

— Étendez-vous et déshabillez-vous bien vite !... je vais chercher ce qu'il faut pour vous panser... Vous n'en avez pas à la figure !...

— Je ne crois pas !... — dit Meg — seulement une petite éclaboussure au menton...

Elle défit son voile. La partie qui couvrait la bouche et le menton était toute mouchetée.

Elle parvint enfin à ôter ses gants. Le vitriol avait traversé les coutures, les dessinant sur les doigts en petits filets d'un rouge sanglant. Le dessus de la main était également rouge. Le poignet, le coude, le haut du bras et le côté gauche de la poitrine très gravement brûlés. Déjà la peau se soulevait en larges cloches, aux places où elle n'était pas tout à fait enlevée. La chemise brûlée se déchirait en la touchant.

Le pharmacien trempa des compresses dans une sorte d'huile laiteuse, dont la fraîcheur soulagea Mme de Garde.

— Vous êtes un peu abîmée !... — dit-il — mais c'est égal, vous avez une fameuse chance de n'avoir rien à la figure ! Je ne parle même pas des yeux !... mais si vous aviez reçu directement, sur le menton, par exemple, ce qui au travers des vêtements a fait de pareilles brûlures... les os seraient à nu... Oui !... vous avez vraiment de la veine !...

C'était pourtant vrai !... Meg n'avait pas encore pensé à ça !... Elle aurait pu être aveugle, hideuse !... Le pharmacien avait raison, elle devait se réjouir d'en être quitte pour si peu.

— Est-ce que je serai marquée?... — demanda-t-elle.

— Au bras et à la poitrine... oui!... peut-être pas des coutures... si on vous soigne bien... mais des taches certainement...

— Des taches pour toujours?...

— C'est à craindre!... Qui est-ce qui vous a jeté ça?... L'a-t-on arrêté, au moins?...

Meg rougit. Elle n'avait pas prévu cette question inévitable.

— C'est une femme... une femme qui... qui s'est trompée, probablement...

Le garçon de magasin qu'on avait envoyé chercher un fiacre pour emmener Mme de Garde revenait :

— Le gardien de la paix est là!... — dit-il.

— Voulez-vous faire une déclaration?... — demanda le pharmacien.

— Non, du tout!... Ce qui m'est arrivé est horriblement désagréable et je ne veux pas qu'il en soit parlé... Je n'ai pas de mal sérieux... ainsi...

— Eh! eh!... je vous conseille de voir un médecin le plus tôt possible... Habitez-vous loin d'ici?...

— A Auteuil...

— Eh bien! ça va vous cuire d'ici là-bas!... Prenez cette bouteille... et si vous souffrez trop, arrosez-vous...

On avait complètement entortillé Meg de compresses, de feuilles de coton et de bandes afin qu'elle pût remettre son corsage trempé sans se brûler de nouveau. Le pharmacien avait pensé à l'envelopper seulement dans sa pelisse, mais c'était impossible. Le vitriol dégouttait des dentelles, à tel point que quand Mme de Garde vit que le garçon voulait mettre le vêtement dans le fiacre, elle s'y opposa.

— Ce manteau brûlerait la voiture!... il faut le jeter!...

— On le donnera aux pauvres!...

— Ça sera un joli cadeau!... — dit Meg en riant.

Elle traversa le trottoir devant le sergent de ville auquel elle avait refusé de parler et, donnant son adresse, grimpa dans le fiacre.

Elle souffrait beaucoup et elle avait beau « s'arroser », la sensation de fraîcheur ne se faisait même plus sentir. De plus, elle éprouvait au cou-de-pied une intolérable douleur qu'elle n'avait pas à la pharmacie!...

Quelle ennuyeuse aventure!... Il fallait tout avouer, excepté bien entendu à Suzanne!... Heureusement, elle ne sortait pas de sa chambre!...

Et ce pauvre Pierre! C'était presque aussi désagréable pour lui!... Qu'est-ce qu'il allait dire en la voyant?...

Le mieux était d'affecter, comme à la pharmacie, de croire que ça venait d'une méprise. Oui... mais alors, comment expliquerait-elle son silence?... Dans ce cas, elle aurait crié. D'ailleurs, son mari, Jurieu et Jacques de Noue sauraient bien deviner la vérité?... Et puis, comment procéder pour annoncer ça sans bouleverser grand'mère et les autres?... Tout doucement, avec des précautions oratoires, ou tout naturellement?... C'est qu'elle avait envie de pleurer ou de se trouver mal — elle ne savait pas précisément lequel des deux. — C'était la fièvre probablement...

Une fois arrivée, elle oublia ses hésitations et ses projets et, obéissant à sa nature, elle traversa le jardin en courant, entra brusquement dans le salon en disant : — Je viens de recevoir du vitriol!...

— et s'assit sur un petit tabouret en pleine lumière, les jambes brisées et la tête vide.

— Ah ! la rosse !... — s'écria Jacques de Noue comprenant d'où venait le coup.

Ce cri du cœur simplifia beaucoup les explications.

Meg raconta dans quelles conditions l'attaque avait eu lieu et comment elle s'était à demi garée avec son bras.

Jurieu était atterré.

— En voyant la pluie, je suis allé à six heures moins dix chercher Meg chez Stéphane — dit-il — la bonne m'a répondu qu'elle venait de partir à l'instant... Ainsi j'étais là... à deux pas... quand cet horrible accident a eu lieu !...

— Il ne faut pas pousser les choses au noir... — dit Jacques de Noue — Meg n'a rien... c'est sa robe qui a tout reçu !...

Mme de Garde protesta :

— Tu es bien bon pour moi !... Si tu voyais ce qui est dessous !...

Elle ôta son corsage, et, défaisant les linges qui entouraient son bras, montra ses brûlures.

Elles étaient devenues violettes et le bras enflait beaucoup.

— C'est épouvantable !... — dit M. de Garde — je vais moi-même chez le médecin pour le ramener...

— Surtout... — recommanda Meg — que Suzette ne sache rien... ni grand'mère non plus, puisqu'elle n'a rien vu... Je vais me changer et on leur dira que je suis tombée... ça ne les étonnera pas... ça m'arrive souvent !... Avec les compresses et les bandes, elles n'y verront que du feu... et comme elles partent demain matin...

— Comment n'avez-vous pas crié?... — disait Jurieu.

— Parce que j'ai bien deviné tout de suite d'où ça venait et que, au premier moment, ça ne m'a pas fait précisément mal... J'ai été comme asphyxiée !... Oh ! cette odeur !... — ajouta-t-elle en montrant le corsage que de Noue avait jeté sur le marbre devant la cheminée pour ne rien abîmer — cette odeur est ignoble !

— Jurieu a bien raison — dit Jacques — tu aurais dû crier... la faire arrêter...

— Oui, un joli scandale !... Et qu'est-ce que j'aurais dit, moi?... « C'est Mlle Geneviève Roland qui m'a vitriolée, parce qu'elle me croit la maîtresse d'un de ses amants ! » — Comme c'est agréable !... et propre, n'est-ce pas? Quelle jolie situation !... sans parler de la suite... du désespoir de Suzanne !... etc..., etc...

— C'est égal !... vous avez eu tort ! — dit Pierre — il valait mieux...

Meg l'interrompit durement :

— Vraiment?... C'est vous qui me reprochez de vous éviter de très grands ennuis !... car si ce n'était pas gai pour moi, ça ne l'eût pas été beaucoup plus pour vous, je pense?... Voyez-vous les journaux de demain?... et leurs racontars?...

— Oui... mais elle serait sous clef... on serait tranquille !...

— Et si ce n'était pas elle-même qui eût fait le coup !... — dit Meg, — si elle s'était contentée de le faire faire... Je n'ai pas vu la figure de la femme...

M. de Garde rentra. Le docteur venait à l'instant.

— Comment est la personne qui vous a lancé le vitriol?... — demanda Pierre.

— C'est une femme qui m'a paru mince... assez grande... elle avait un manteau très long et très foncé, et un voile très épais en gaze foncée aussi... Ce que j'ai vu le mieux, c'est une toque avec des plumes droites et raides...

— C'est elle !... — s'écrièrent en même temps Jurieu et Jacques de Noue.

— Elle a une toque qui répond à votre description... — dit Pierre — d'ailleurs, elle n'eût mis personne dans sa confidence.

— Elle a très bien organisé son guet-apens... — reprit M. de Garde. — Voyant que vous n'étiez pas au rendez-vous d'hier, elle est allée vous attendre à la porte de Stéphane... beaucoup de gens savent que vous y allez tous les lundis et que vous en sortez à six heures... L'absence de la voiture l'a servie à souhait...

On vint avertir que le docteur était là et que le dîner était servi.

— Mettez-vous à table... — dit Mme de Garde — et n'oubliez pas que j'ai fait une chute en sortant de chez Stéphane...

Une demi-heure plus tard, elle descendit en robe de chambre et reçut un sermon de la vieille marquise.

— Elle serait donc toujours aussi étourdie ?... Qu'avait dit le docteur ?... Serait-ce long ?... Il finirait par lui arriver un jour ou l'autre un accident sérieux... A son âge ?... Elle ne pouvait donc pas regarder devant elle ?... C'était vraiment désolant !...

Et comme Mme de Garde, pâle et mal à l'aise, ne mangeait rien, la grand'mère s'inquiéta. Meg avait peut-être quelque chose de grave ?... Elle regrettait de n'avoir pas parlé elle-même au docteur.

Le soir, quand la vieille marquise fut rentrée chez elle et que Meg, ayant été voir Suzanne, redescendit au salon, elle reçut encore des reproches. Son mari était furieux qu'elle n'eût pas crié au risque de n'importe quel scandale. Cette femme pouvait, ne se sachant pas devinée, recommencer demain et prendre mieux ses mesures ! Et pas moyen de

l'intimider, de tenter une enquête ? rien ! pas le moindre indice pour retrouver sa trace !...

— Un indice... — dit Meg — j'en ai un... un bien petit, par exemple !... le numéro du fiacre dans lequel elle est remontée, c'est le 2827...

— Pourvu que vous ne vous trompiez pas ?... il est si difficile de lire un numéro en courant ?...

— Pour toi surtout !... — s'écria Jacques — tu es myope comme une taupe !...

— J'avais pris mon lorgnon !...

— Je crains bien aussi que vous n'ayez mal vu !... — dit M. de Garde — mais enfin nous irons demain à la préfecture de police... je ne partirai que mercredi...

Meg et son mari allèrent en effet à la préfecture, où on leur promit, à titre de renseignement officieux, de faire rechercher le cocher.

Deux jours plus tard, un agent de la sûreté se présentait demandant Mme de Garde. Pierre était là.

L'agent expliqua que, chargé d'interroger le cocher du fiacre 2827, il avait appris ceci :

Le lundi, à cinq heures un quart, le cocher avait été pris à la station en face de Saint-Augustin, au coin de la rue de Laborde, par une dame qui s'était fait conduire à l'angle de l'avenue de Messine et de la rue de Lisbonne. Là, elle était descendue. Après vingt minutes environ, elle était remontée donnant l'ordre d'aller rue du Rocher. Comme le cocher demandait le numéro, la dame avait répondu : « C'est bien... Je vous arrêterai. » Rue du Rocher, elle était descendue à la hauteur de la rue de Laborde lui donnant cinq francs. Il avait été gardé trente-cinq ou quarante minutes.

— C'est elle, évidemment !... — dit Jurieu, — elle habite là !...

— Rue du Rocher?

— Rue de Laborde...

— Est-ce que vous ne déposez pas une plainte?... — demanda l'agent.

— Non... je voulais être fixée seulement...

— Ce n'est pas assez... puisque la vitrioleuse vous a vue courir, elle sait qu'elle vous a manquée... elle recommencera !...

— Oh !... que non !...

— Prenez garde, madame, c'est très imprudent ce que vous faites là !... il faut au moins qu'elle se sache reconnue, croyez-moi?...

Jurieu et Jacques furent du même avis que l'agent. Et aussitôt que M. de Garde revint de Nice, il alla raconter au procureur de la République ce qui s'était passé, mais sans désigner personne. La plainte fut déposée contre X... et le parquet commença l'enquête qui amena directement les soupçons sur Geneviève Roland. Aux dates auxquelles Mme de Garde recevait les lettres d'Yport et de Spa, on constata sa présence dans ces deux endroits.

En attendant, Meg était enchantée. Ses brûlures continuaient à lui faire très mal, il est vrai, mais elle ne recevait plus de lettres anonymes et ces lettres étaient pour elle un cauchemar.

Les bras et la poitrine étaient moins malades, mais l'état du pied empirait. La brûlure n'avait pas été soignée à temps. Du vitriol tombé dans un pli du soulier avait rongé le cuir et ensuite les chairs très profondément. Le médecin, qui venait chaque jour panser Meg, était mécontent de la tournure que prenait cette plaie. Loin de se cicatriser, elle s'élargissait et se creusait beaucoup.

Néanmoins, Mme de Garde sortait et allait au théâtre. Elle tenait à montrer qu'elle n'était pas défigurée comme l'avaient annoncé plusieurs journaux qui la désignaient assez clairement. Quelques-uns racontaient qu'une femme en haillons avait lancé le vitriol, d'autres inventaient une histoire plus piquante mais inexacte aussi.

Dans les premiers jours de novembre, Jurieu, qui n'était pas retourné chez Geneviève, reçut d'elle une lettre dans laquelle elle parlait de l'accident arrivé à Mme de Garde. Elle affirmait qu'un racontar nouveau circulait à ce sujet. Elle faisait allusion à un vice à la mode auquel — disait-elle — devait être attribuée l'agression dont Mme de Garde avait été victime.

Elle se vantait d'avoir empêché de passer dans un journal (qu'elle ne nommait pas) un article auquel le nom de M. de Jurieu était mêlé. Et elle le prévenait que tout le monde n'aurait peut-être pas pour lui la même sollicitude.

D'autre part Meg, en essayant une robe, apprenait que Gant de velours était allée raconter l'accident chez sa couturière avec une insistance et un acharnement surprenants. Comme presque tous les criminels, paraît-il, elle éprouvait le besoin de parler de ce qu'elle avait fait.

Jurieu porta la lettre de Geneviève au procureur de la République. Puisqu'elle semblait savoir quelque chose au sujet de l'agression dirigée contre Mme de Garde, ne pouvait-on, sous prétexte de renseignements, la faire venir au parquet et lui laisser entendre qu'on était fixé? Elle aurait peut-être peur et resterait tranquille à l'avenir.

Pierre désirait vivement que Geneviève Roland ne fût pas arrêtée. Il alla la trouver et lui dit :

— Je sais qui a jeté le vitriol à Mme de Garde... les Garde le savent aussi et la justice également... j'ai remis votre lettre au procureur de la République... elle semble indiquer que vous savez beaucoup de choses... vous feriez bien d'aller le trouver *spontanément*... tout le monde est disposé à arranger cette affaire et il est de votre intérêt d'y aider...

Geneviève s'emporta et refusa d'aller voir le procureur de la République.

Un soir, Meg, en se mettant à table, dit :

— Vous ne savez pas?... j'ai rencontré tantôt Gant de velours... elle était avec Richaux...

— Vous vous trompez... — dit Jurieu — elle ne le connaît pas!... Vous n'y voyez pas très clair et vous aurez pris un autre pour lui...

— Oui!... Vous m'avez déjà soutenu ça pour le numéro du fiacre!... Je suis sûre de ce que je vous dis...

— Mais c'est impossible!... — s'écria Jacques de Noue, — j'ai entendu Geneviève refuser il y a un mois de se le laisser présenter!... Elle a dit qu'elle ne voulait pas recevoir des gens de cette espèce...

— Ah bah!... eh bien! je ne sais pas si elle le reçoit... mais ce qui est certain c'est qu'elle se promène avec lui!...

— C'est étonnant!... murmura Jurieu.

— Pourquoi donc ça?... Vous devriez savoir mieux que personne qu'elle fait rapidement connaissance?... D'ailleurs il est comme elle rédacteur au *Parlement*... si Richaux pouvait déteindre un peu sur Gant de velours, ça ferait rudement du bien aux échos...

— Vous lui trouvez du talent à Richaux?...

— Beaucoup!...

Jacques haussa les épaules.

— Du talent, ça?... Jamais de la vie!... dis donc de l'engueulement!... la verve est factice, l'abondance dégénère le plus souvent en galimatias... la pensée est haineuse, l'expression basse, ordurière, sans légèreté... Ah! du venin, de la boue, oui!... tant que tu voudras!... mais aucun souci de dire juste et bien... pas d'autre préoccupation que de faire retourner le passant... d'appeler la pratique en aboyant à tout et à tous!... Quant à moi, ce pitre de plume a beau s'égosiller devant sa baraque, je n'entre pas!...

— Tu es sévère!... — dit Mme de Garde — je reconnais que Richaux a sa note à lui et que ce n'est pas la note bienveillante... il tombe alternativement les artistes, les femmes, les magistrats, les hommes d'esprit et le reste!... je conviens qu'il n'a de talent qu'à ce prix... mais il en a alors un réel, incontestable!... C'est déjà quelque chose, savoir bien emporter le morceau...Richaux est, selon moi, une espèce de Veuillot...

— Un Veuillot moins le style et l'esprit! un misanthrope d'égout, qui cherche à imposer ses haines banales et pond facilement des colonnes d'injures, destinées à flétrir quelque corporation honorée ou à démolir une gloire quelconque...

— Pour moi... — dit M. de Garde — c'est effectivement un monomane de l'injure... un malade...

— Possible!... mais s'il est conscient, c'est un bien joli métier qu'il fait là!...

— Ce qui m'amuse... — dit Meg — c'est quand il écrit un article tel que la glorification de l'assassinat par exemple, et que, le lendemain, la rédaction du *Parlement* se voit forcée d'adresser à sa clientèle bourgeoise les plus plates excuses pour l'article qui s'est glissé « A SON INSU » dans ses colonnes, etc., etc.

— Bah! Richaux est habitué à ça!... déjà, dans une circonstance analogue, il a été congédié d'un journal...

— Comment diable... — demanda Jurieu à Meg — connaissez-vous M. Richaux?

— On me l'a montré un jour au Salon... Comme il a une tête très personnelle, je l'ai reconnu chaque fois que je l'ai rencontré depuis, et je vous affirme que c'est bien lui qui tantôt accompagnait Geneviève Roland...

Jacques demanda :

— Enfin, qu'est-ce que ça va devenir, cette affaire?...

— Rien!... — dit Meg — c'est fini!... la visite de Jurieu a calmé Gant de velours... maintenant elle sait qu'on sait que c'est elle qui a lancé le vitriol... alors je suis tranquille et c'est tout ce que je voulais...

Et elle ajouta, se retournant vers Pierre :

— Vous allez pouvoir rejoindre Suzette... on n'a plus besoin de vous ici!...

CHAPITRE V

Meg se trompait. Cette tranquillité ne devait pas durer. Au bout d'un mois, la persécution recommença.

Un soir qu'elle rentrait chez elle vers six heures, venant de faire une visite dans une maison voisine, elle fut arrêtée à quelques pas de sa porte par un homme qui lui demanda si elle était bien Mme de Garde.

— Oui... — dit Meg — qu'est-ce que vous voulez?...

— Je suis chargé d'une commission... C'est pour dire que M. de Jurieux attend madame tout de suite, au coin de la rue de la Pépinière et de la place Saint-Augustin... Mais tout de suite... jusqu'à six heures et demie seulement...

Mme de Garde se rapprochait insensiblement de sa porte.

— Attendez!... — dit-elle — je vais vous payer...

— C'est fait!... — répondit l'homme d'un ton sec, en faisant un mouvement pour redescendre vers le boulevard Montmorency, d'où il semblait venir lorsqu'il avait abordé Mme de Garde.

Meg le regarda. Elle ne pouvait songer à l'arrêter malgré lui. C'était un homme solide, à petits favoris bruns, vêtu d'un veston de couleur foncée. Il avait au cou un foulard blanc et sur la tête un chapeau rond qu'il enlevait en parlant. Sa silhouette se dessinait nettement sous le bec de gaz. Son apparence était celle d'un domestique, mais d'un de ces domestiques misérables, qui errent sans place, glanant par les rues une commission ou une aubaine quelconque.

Désireuse de ne pas le laisser échapper, Meg reprit :

— J'ai une réponse à vous donner...

— Non!... — dit l'homme — je sais qu'il n'y a pas de réponse...

Et pour la seconde fois il voulut s'éloigner. Machinalement, elle étendit le bras pour le retenir. Alors, rapide comme une balle, il enfila l'avenue et partit en courant. Meg le suivit pendant quelques pas et rencontra son mari qui rentrait. Tous deux se mirent à la poursuite du commissionnaire, mais ils ne le rejoignirent pas.

M. de Garde voulait aller immédiatement au rendez-vous, mais sa femme lui fit observer que si elle n'y allait pas elle-même, Gant de velours ne se montrerait pas. Ce serait peine perdue.

Il y avait ce soir-là une première au Palais-Royal. Lorsque les Garde y arrivèrent, Jurieu était déjà dans la loge. Meg lui demanda :

— Est-ce que chez Geneviève Roland on vous appelle Jurieux avec un x?... l'homme m'a dit :

— « Monsieur de Jurieu-x-attend madame », l'X a sonné sur l'A... x-attend?...

— Oui... — répondit Pierre — effectivement je me souviens que le domestique m'appelait M. de Jurieux...

— Elle veut te revitrioler fraîchement?... dit Jacques de Noue — il faut aller raconter ça au chef de la Sûreté...

Mme de Garde alla trouver M. Hartz. Ayant mené l'enquête, il était au courant de l'affaire. Il dit à Meg qu'il était très important de pincer un complice si l'occasion se représentait de nouveau et que, d'ailleurs, une surveillance devenait nécessaire pour assurer sa sécurité. Et il offrit de lui donner un agent qui l'accompagnerait pendant toutes ses sorties et surveillerait les abords de la maison.

M. Hartz avait recueilli sur Geneviève Roland des renseignements qui n'étaient pas de nature à rassurer ceux à qui elle pouvait en vouloir. En outre, on avait recherché à la préfecture son dossier de fille, dossier exceptionnellement chargé de vilaines histoires. Il était là, sur le bureau du chef de la Sûreté.

En voyant feuilleter ce volumineux paquet de lettres, articles de journaux, photographies, etc., etc., Meg, étonnée, demanda :

— Est-ce que vous avez un dossier comme celui-là pour chaque fille?...

Un sourire éclaira la figure tranquille et fine de M. Hartz.

— Heureusement non, madame!... la plupart font paisiblement leur métier sans ennuyer personne et la police ne s'occupe pas de celles-là !... mais quand les familles ou les victimes elles-mêmes viennent demander notre appui pour des histoires de détournement ou de chantage... alors, dame! les pièces à conviction grossissent le dossier... et il faut le reconnaître, celui-là est bien nourri !...

— Ça me promet de l'agrément !... — dit Mme de Garde effarée.

M. Hartz tira le cordon de sonnette placé à côté de lui.

— Quels sont les agents qui attendent? demanda-t-il à l'employé qui se présenta.

— Claude, Durand, Grelet et Leroy...

— Envoyez-moi Grelet !...

Et, se retournant vers Meg :

— Je vais, madame, vous donner un agent très habile, en qui vous pourrez avoir toute confiance...

L'agent entrait.

— Grelet... — dit M. Hartz — regardez bien madame... elle vient d'être victime d'une agression et j'en redoute une autre... il s'agit de la protéger, de la suivre durant ses sorties et de surveiller aussi sa maison, afin d'arrêter tout individu suspect qui se présenterait... C'est bien compris?...

— Oui, monsieur le commissaire de police !...

Tandis que M. Hartz parlait, Meg examinait l'agent. C'était un garçon de vingt-huit à trente ans, trapu et vigoureux, avec une bonne figure ronde et fraîche et de grands yeux noirs très intelligents. Immobile et attentif, il écoutait le chef de la Sûreté.

— Avez-vous bien vu madame?... demain, lorsqu'elle sortira, la reconnaîtrez-vous?...

L'agent leva rapidement les yeux sur Meg et fit un signe affirmatif.

— Mais — dit Mme de Garde — il ne pourra jamais me suivre... je sors de chez moi en voiture et j'habite Auteuil... il ne trouvera pas de fiacres là-bas...

— Eh bien! il courra jusqu'à ce qu'il en rencontre un!... n'est-ce pas, Grelet?...

Grelet indiqua d'un geste que ce détail l'embarrassait peu.

M. Hartz reprit :

— Il ira chercher vos instructions demain et ensuite il n'entrera plus chez vous... S'il se laissait éventer, nous n'arriverions à rien... Vous ferez bien, madame, d'avertir le procureur de la République de la venue de ce commissionnaire... Evidemment, on vous poursuit avec acharnement et il doit être informé de ce nouvel incident...

Meg se rendit chez le procureur de la République. Celui-ci, homme du monde, très parisien, magistrat distingué et expérimenté, comprenait à quel point une semblable histoire était pénible pour les Garde. Il les avait engagés à ne pas suivre l'affaire puisque depuis le jour du vitriol, Geneviève Roland semblait avoir cessé de s'occuper d'eux. Mais devant cette reprise des hostilités, il déclara formellement à Meg que sa responsabilité de magistrat exigeait qu'il remît l'affaire aux mains du juge d'instruction.

Le lendemain matin, l'agent se présenta à Auteuil pour avertir qu'il était là dans les environs et que quand Mme de Garde sortirait elle pouvait être tranquille. Il la suivrait sans qu'elle eût à s'occuper de lui.

Meg sortit de très bonne heure. Elle avait reçu du juge d'instruction un mot la priant de passer à une heure à son cabinet.

Involontairement, elle était préoccupée de l'agent. Elle se demandait s'il la suivait et regardait continuellement par la portière. Tant qu'elle fut au Bois, elle ne vit rien. En arrivant aux Champs-Elysées, un rassemblement formé autour d'un accident quelconque arrêta un instant la voiture et Mme de Garde aperçut, montant dans un fiacre à la station, un personnage qui lui rappela Grelet.

Lorsqu'elle descendit de voiture, à la grande grille du Palais de Justice, l'agent, les mains dans les poches, se promenait de long en large sur le trottoir de l'air indifférent et tranquille du flâneur qui attend quelque chose en faisant les cent pas.

Meg fut très surprise.

— Comment a-t-il pu être là avant moi? il a donc deviné où j'allais?...

Puis elle entra dans le Palais où elle se perdit. Elle ne savait aller que chez le procureur de la République et chez M. Hartz. La voyant tâtonner, cherchant un municipal auquel elle pût demander son chemin, un monsieur qu'elle croisait dans la galerie de Harlay s'arrêta :

— Au deuxième étage, madame... le même escalier qui conduit au cabinet du procureur de la République...

Stupéfaite de recevoir un renseignement qu'elle n'avait pas demandé, Meg leva les yeux et vit Grelet arrêté devant elle. Elle sourit et allait lui parler, mais il resta impassible et, la saluant, s'éloigna.

— C'est vrai qu'il est plutôt débrouillard, mon agent!... — se disait-elle en montant l'escalier qu'il lui avait indiqué.

Tandis qu'elle attendait en se promenant dans la longue galerie sur laquelle ouvrent les cabinets des juges d'instruction, elle regardait curieusement les gens qui l'entouraient. Assis sur les banquettes de bois, ou se promenant comme elle, grouillaient des types étranges et bariolés.

Une fille en cheveux, sale et débraillée, causait avec un avocat dans l'embrasure d'une, fenêtre. Un cocher de fiacre, assis sur une banquette, racontait à une femme qui pleurait les détails d'un assassinat dont il avait été témoin. Deux messieurs, à pardessus courts et clairs, parlaient avec animation du directeur d'une entreprise financière et semblaient souhaiter vivement sa condamnation. Tout cela, au milieu d'un va-et-vient continuel des témoins qui s'avançaient, leur feuille d'appel à la main, en demandant des renseignements aux huissiers ou au municipal chargé de la police de la galerie.

En voyant tous ces gens qui mangeaient, bâillaient ou se couchaient, vautrés d'ennui, sur les dures banquettes, Meg pensait :

— Moi aussi, j'attendrai là pendant des heures !... ce sera bien amusant !...

Autre chose l'inquiétait. Comment était le juge d'instruction chargé de l'affaire ? Etait-ce un homme sérieux, consciencieux, chercheur ou... un autre ?... Elle se souvenait d'avoir rencontré des magistrats souriants, qui « blaguaient » agréablement la justice qu'ils représentent et fort capables — croyait-elle — de ne pas mettre tout l'empressement voulu à trouver le coupable, si cette trouvaille devait chagriner une aussi jolie femme que Geneviève Roland.

L'avis de Meg était de ne pas déposer de plainte. Pendant plusieurs jours elle avait lutté contre l'insistance de son mari,

de Jurieu, et des amis auxquels on avait raconté l'histoire. Elle n'avait cédé qu'à regret, mais à présent qu'on avait décidé de suivre l'affaire, elle souhaitait que la chose fût menée sérieusement.

Suzanne était à Nice où elle n'apprendrait pas la vérité tant que les journaux ne diraient rien, et Gant de velours n'avait pas d'intérêt à faire parler d'une aventure qui ne pouvait que porter atteinte à la situation nouvelle qu'elle s'efforçait — disait-on — de se créer. Donc, rien à craindre de ce côté.

Mme de Garde était, depuis qu'elle avait reçu le vitriol, sujette à des peurs nerveuses très désagréables. Dès que le jour tombait, elle marchait en hésitant dans la rue et n'entrait plus qu'en tremblant chez Stéphane, bien que, chaque lundi, depuis l'agression, M. Hartz fît garder la maison de la rue de Lisbonne et surveiller les environs. Si, lorsqu'elle était en voiture, un pauvre, un marchand de crayons, un distributeur de prospectus ou un ouvreur de portières s'approchait un peu vite, sans qu'elle l'eût vu arriver, elle sautait en l'air. Quand, dans la rue, quelqu'un lui semblait marcher vers elle et la frôlait, elle se jetait de côté brusquement avec un battement de cœur.

Depuis quelques jours elle commençait à se remettre, mais la venue du commissionnaire avait renouvelé toutes ses craintes. Le procureur de la République et M. Hartz avaient raison, il fallait agir. Pourvu que le juge d'instruction prît l'affaire au sérieux !...

Meg était très émue lorsque le magistrat l'introduisit dans son cabinet. Elle se rassura vite en voyant M. Duteil. Il procédait par questions claires, brèves et nettes, et exigeait des réponses semblables à ses questions.

Rapidement, il reconstruisit l'affaire, depuis la visite à la Librairie Moderne jusqu'au vitriol, et termina en demandant à Mme de Garde si elle supposait que la vitrioleuse eût été éclaboussée. Meg lui dit qu'elle pensait qu'en la frôlant, lorsqu'elle s'était sauvée, la femme avait dû se tacher. Il lui semblait que, de son bras ou de son épaule gauche, elle avait heurté le côté inondé de vitriol.

M. Duteil fit dépeindre à Meg dans sa déposition la forme et la couleur du vêtement et de la coiffure entrevus par elle. Puis, il lui annonça qu'il allait faire faire une perquisition chez Geneviève Roland et que, dans quelques jours, il la confronterait avec elle.

Le cocher du numéro 2827, également entendu, confirma sa première déposition. Il expliqua que, s'étant mis, pendant qu'il attendait, à l'abri de la pluie dans sa voiture, il n'avait pas vu de quel côté arrivait la dame lorsqu'elle était revenue. Et Mme de Garde comprit que c'était grâce à cet incident, qui avait causé une perte de temps, qu'elle était parvenue à rejoindre le fiacre.

Le cocher ajouta qu'en le quittant rue du Rocher sa cliente lui avait donné cinq francs et que, tandis qu'il cherchait dans sa poche pour lui rendre la monnaie, elle avait disparu, en passant derrière la voiture — croyait-il — car il l'avait immédiatement perdue de vue. Sa déposition, quant au costume, était à peu de chose près la même que celle de Meg. Il disait un voile épais, un très long manteau et une toque avec des plumes bleues.

Mme de Garde avait seulement vu des plumes *droites*, sans distinguer leur couleur, mais les rapports de la sûreté constataient que, pendant tout le mois d'octobre dernier, Geneviève Roland était

habituellement vêtue d'un long manteau couleur bronze et coiffée d'une toque à plumes bleues. Ce renseignement coïncidait exactement avec celui donné par le cocher.

Quand Meg sortit du cabinet du juge d'instruction, le jour baissait. Elle traversa la chaussée cherchant sa voiture et là encore elle reconnut Grelet qui suivait à distance. Elle fit des courses et, chaque fois qu'elle entra dans un magasin, elle aperçut l'agent flânant sur le trottoir.

Un agacement singulier la prit. Elle s'irrita presque contre le brave garçon qui faisait si bien son métier. Quoiqu'elle se rendît compte que personne ne pouvait soupçonner la présence de l'agent, elle se sentait gênée, mal à l'aise, et elle rentra très vite, voulant se débarrasser de cette surveillance qui lui pesait.

A la première distribution de la poste du lendemain, elle reçut un bleu de Jurieu :

« Attendrai à sept heures Cours-la-Reine. Aurai voiture. »

— Qu'est-ce que ça veut dire? — se demanda Meg — c'était pour hier... puisque le télégramme a été mis à la poste... « Aurai voiture?... ?... ?... » qu'est-ce donc que Pierre voulait?...

Puis, réfléchissant :

— Mais il sait bien que les cartes télégrammes ne viennent pas ici... il ne s'en sert jamais!...

— Parbleu!... — s'écria M. de Garde — c'est une fausse dépêche de cette coquine!... elle a copié l'écriture de Jurieu et elle a voulu vous attirer au Cours-la-Reine!... ce n'est qu'à moitié bête!... Excellent endroit pour tomber sur quelqu'un, le Cours-la-Reine, à sept heures du soir surtout!... on n'y voit goutte et il n'y passe pas un chat!... Elle a dû envoyer

ça hier vers quatre heures... Vous l'auriez reçu à cinq, si les bleus arrivaient directement ici... et, étourdie comme vous
l'êtes, vous auriez couru chez les Sauves...

— Naturellement !... j'aurais cru qu'on
allait au théâtre !... Il n'y a que : *Aurai
voiture* que je ne m'explique pas !...

— Ça, c'était pour vous faire renvoyer
la vôtre et vous tenir isolée là-bas...

— Il est bien évident qu'elle est à
moitié au courant des habitudes de Pierre
en ce qui nous concerne... Souvent, il
envoie une dépêche : « Attendrai Cours-la-
Reine sept heures. » Ça veut dire : « Si
vous passez Cours-la-Reine en voiture,
prenez-moi pour m'emmener à Auteuil... »
Si c'était vraiment de lui, cette dépêche?

On montra le bleu à Jurieu, qui fut lui-
même pris au premier abord à la perfec-
tion de *son* écriture. Il était réellement
atterré de tant d'audace.

Et Jacques de Noue, émerveillé, s'é-
cria :

— Est-elle douée, cette Geneviève !...
elle fait tout ce qu'elle veut !...

Quant à Meg, en se voyant poursuivie
avec cet acharnement inouï, elle commençait à avoir très peur.

— Si j'avais reçu ça à temps, j'y serais
allée pourtant !...

— Ç'eût été parfait !... — dit Jacques
— ton Ange gardien sautait dessus... et
ça simplifiait joliment l'instruction !...

La sortie de chez Stéphane était une
véritable comédie. On allait en bande
chercher Meg et, tandis que l'un montait pour l'avertir, les autres faisaient le
guet dans la rue déjà surveillée par deux
agents. Gant de velours eut vent de la
chose, car une lettre anonyme, du même
modèle que les anciennes, arriva à Meg
au lendemain d'une de ses visites à la rue
de Lisbonne.

« On saura bien vous atteindre malgré
votre mari, la police, vos espions, et
votre J !... Vous êtes bien digne de ce
lâche qui donne ou vend des lettres de
femme. A bon entendeur, salut ! »

Cette fois, c'était comme si Geneviève
Roland eût signé. Les lettres de *femme* auxquelles elle faisait allusion, c'était la lettre
où elle attribuait — sous le couvert de
On, bien entendu — l'agression dont
Mme de Garde avait été victime à un motif
immonde.

Cette lettre avait été remise par Jurieu au procureur de la République.

M. de Garde porta la dépêche et la lettre
au juge d'instruction. Evidemment Geneviève Roland s'enhardissait. Puisqu'elle
n'était pas arrêtée, c'est qu'on n'avait pas
de preuves et, dans ce cas, pourquoi ne pas
recommencer à tourmenter Meg, tout au
moins?

Heureusement, les journaux continuaient à se taire. Seul, *le Lampion* avait
raconté l'accident arrivé à Mme de Garde,
l'attribuant à une « rivalité », et désignant assez clairement Geneviève Roland.

« Une ancienne artiste, très jolie, ayant
appartenu à un théâtre d'opérette et
sans aucune notoriété d'ailleurs, qui avait
quitté le théâtre et venait *de changer d'appartement.* »

L'article se terminait en disant que :

« A en croire les racontars, les torts
n'étaient pas du côté de Mme X... qui,
mourant de peur, ne sortait plus sans
être accompagnée de deux agents. »

Tout cela noyé dans d'autres détails
plus ou moins inexacts, mais enfin visant
réellement les intéressés.

— Il n'y a pas de danger que Suzette
lise *le Lampion !*... dit Jurieu — mais
pourvu, mon Dieu ! que les autres journaux ne répètent pas cet écho !...

Sur ces entrefaites, Meg reçut un matin un bleu de M. Claude Peyrolles. Le rédacteur en chef du *Parlement* demandait à Mme de Garde de venir à *sept heures* du soir *lui parler* le lendemain. Cette formule surprit Meg, et une crainte lui vint : Si cette carte n'était pas écrite par lui?... Si c'était une dépêche comme la prétendue dépêche de Pierre?...

Gant de velours devait connaître et imiter au besoin l'écriture de son directeur bien mieux encore que celle de Jurieu !

Meg se décida à aller le jour même au *Parlement* demander à M. Peyrolles si c'était bien lui qui avait écrit.

— Mais non !... — fit-il surpris — je ne vous ai pas écrit... Pourquoi?...

— Pourquoi?... parce que voici ce que j'ai reçu...

M. Peyrolles prit le bleu et le regarda ahuri :

— Qui est-ce qui a pu écrire ça?...

— Nous ne savons pas !... fit brusquement M. de Garde, coupant la parole à sa femme qui allait répondre.

CHAPITRE VI

L'instruction suivait son cours. Jurieu, appelé comme témoin, s'était renfermé dans un mutisme complet en ce qui concernait ses relations avec Geneviève. Il l'avait rencontrée aux eaux et avait ensuite voyagé avec elle. Rien de plus. Et le juge d'instruction, homme discret et comme il faut, ne l'avait nullement pressé de parler davantage.

Mais depuis cela, Pierre se sentait environné d'une sorte de surveillance occulte.

Il apprenait qu'on demandait à tout le monde des renseignements sur lui, et qu'on en faisait prendre aux Affaires étrangères où il avait été attaché pendant quelques années.

Puis il montra aux Garde une lettre qu'il avait reçue. Cette lettre, signée d'un inconnu, lui annonçait « qu'ayant à lui communiquer des choses d'une très grande importance, concernant une affaire de la plus haute gravité », on le priait d'accorder un rendez-vous...

Pierre répondit qu'on le trouvait chez lui tous les jours de dix à onze heures. Mais l'individu ne vint pas. Il écrivit que, « empêché d'aller chez M. de Jurieu, il l'attendrait toute la journée du lendemain ». Il donnait cette fois une autre adresse.

Pierre se garda bien de se rendre à cet appel et remit les deux lettres au procureur de la République. Depuis quelques jours, il sentait se resserrer l'espionnage. Le concierge de l'hôtel du Cours-la-Reine avait été longuement questionné à son sujet et, un soir qu'il allait à pied dîner à Auteuil, il s'était vu filé par deux individus suspects.

La perquisition chez Geneviève devait avoir eu lieu et il tardait à Meg de savoir si les vêtements désignés par le cocher et par elle étaient saisis.

Le parquet avait attendu, pour ordonner cette perquisition, qu'il fût convaincu de la culpabilité de Gant de velours. Mais les preuves s'accumulaient contre elle, et les soupçons ne pouvaient se porter sur nulle autre.

Geneviève était allée demander à la Librairie Moderne des renseignements détaillés sur Mme de Garde et à partir de cette époque, — c'est-à-dire du lendemain de sa visite à la librairie, — les lettres anonymes avaient commencé, venant des endroits où, d'après les renseignements obtenus, Geneviève Roland séjournait à la date de leur envoi. Toutes ces lettres visaient Pierre. L'une d'elles le nommait et il était de notoriété que, au Mont-Dore, Geneviève avait pour amant M. de Jurieu qui l'accompagnait ensuite à Yport et à Spa.

Au retour à Paris, Meg était filée par Geneviève et le constatait à deux reprises. Puis, lorsque, au théâtre, Gant de velours voyait Pierre dans la loge des Garde, elle adressait le lendemain une défense formelle de le recevoir, défense qui allait s'accentuant jusqu'au jour de l'agression. Lorsqu'elle changeait de domicile, le timbre du bureau de poste changeait également. Enfin, le papier à lettres anglais, reconnu pour du papier semblable à celui dont se servait habituellement Geneviève, avait été vainement cherché à Paris chez tous les papetiers. Aucun n'avait *cette marque*, il fallait se la procurer à Londres chez le seul papetier dont le nom et l'adresse se trouvaient gravés au bord de l'enveloppe.

La femme conduite par le cocher 2827 et celle dont Mme de Garde donnait le signalement étaient bien la même personne. Geneviève habitait une rue qui donnait, d'un bout à la station où le cocher avait été pris, de l'autre dans la rue où la dame s'était fait ramener. Tout contribuait à affermir la conviction des magistrats, mais un seul point restait obscur pour eux comme pour les Garde : Quel mobile avait poussé cette fille à commettre une action aussi dangereuse pour elle-même?...

En général, une jalousie violente explique les actes de cette nature. Mais alors, quand ils sont accomplis par une personne cédant à un violent besoin de vengeance, ils le sont à visage découvert. Les précautions prises pour dissimuler son identité, aussi bien que le passé de Geneviève Roland, ne permettaient pas cette explication. L'intérêt quelconque assez puissant n'apparaissait pas.

Puis, la gradation des moyens employés : avertissements, preuves offertes de l'indignité de Pierre, et enfin menaces, rendez-vous et agression, excluaient l'idée d'un mouvement désordonné de passion, d'ailleurs invraisemblable dans un cœur aussi aguerri.

Sans doute, on pouvait admettre que Gant de velours eût subi quelques froissements d'amour-propre, ressenti quelque dépit peut-être, mais il fallait bien reconnaître que tout, depuis la première lettre anonyme jusqu'à l'agression du parc Monceau, révélait la volonté ferme et patiente d'arriver lentement mais sûrement et par tous les moyens à un but déterminé.

Les circonstances extérieures ne fournissant pas une explication suffisante, pouvait-on la trouver dans la nature morale de Geneviève?...

Malheureusement pour elle, son passé donnait promptement la clef du mystère.

Jacques de Noue, questionné au club sur l'accident arrivé à sa cousine de Garde, apprenait des détails qu'il ignorait sur ce passé boueux. Demandes d'argent sous menaces; lettres anonymes adressées aux femmes et aux mères des amants; vol de bijoux; tentatives de chantage au moment de mariages, etc., etc., etc., Geneviève, perverse et audacieuse jusqu'à la scélératesse, avait employé pour satisfaire ses appétits tous les moyens, même le poison !

Quelques-unes des « *victimes* » offraient de témoigner si cela pouvait être utile à l'affaire. Mais tous leurs renseignements étant confirmés avec preuves par la police, M. de Garde trouva préférable de ne pas user des témoignages à l'instruction et de les réserver pour l'audience. Un seul fut jugé nécessaire : celui d'un brave magistrat qui vint révéler la nature de l'*accident* duquel était mort, il y avait dix-sept ans, le mari de Geneviève Roland et la façon dont elle s'était tirée de ce premier mauvais pas.

En présence de cette déposition, aucun doute ne pouvait subsister. Depuis le coup de maître du début, la nature de Geneviève s'était affirmée si constamment malfaisante et vindicative par pure perversité, que les magistrats, malgré leur tendance à quintessencier dans les recherches, s'estimèrent suffisamment édifiés.

Dès lors, l'agression dont Mme de Garde avait été l'objet devenait très explicable.

CHAPITRE VII

Meg avait pris le parti de traîner ouvertement Grelet avec elle. Il était devenu son ombre, et la suivait pas à pas, montant sur le siège ou restant à Auteuil dans la maison. Ce genre de surveillance l'énervait encore, mais infiniment moins que la surveillance déguisée. Vingt fois au début, Meg, exaspérée, avait cherché à perdre Grelet dans Paris. Et invariablement elle l'avait retrouvé près d'elle, discret et vigilant, toujours prêt à la protéger.

Tout en étant très reconnaissante de ses soins, elle lui en voulait inconsciem-

ment de les lui donner. Elle eût désiré ne l'apercevoir jamais ou alors l'accepter franchement, carrément à côté d'elle. C'est à ce parti qu'elle s'était arrêtée, mais vers le 25 décembre, M. Hartz lui demanda de rendre Grelet. On avait, à la Sûreté, le plus grand besoin de ses services. M. de Garde voulut que sa femme allât prendre, avant de restituer l'agent, l'avis du procureur de la République ou du juge d'instruction.

Meg ne rencontra ni l'un ni l'autre, et, très embarrassée, elle allait demander à M. Hartz de lui laisser Grelet quelques jours encore, lorsque l'agent l'engagea à parler plutôt à M. Constant, le commissaire aux délégations. S'il avait fait la perquisition, il devait savoir dans quel état d'esprit se trouvait la personne accusée.

— Mais... — dit Meg — je ne connais pas du tout M. Constant !...

— Qu'est-ce que ça fait ?...

Ils montèrent au cabinet du commissaire aux délégations. Au moment où ils entraient, M. Constant traversait une petite pièce servant d'antichambre. Il s'arrêta en regardant Mme de Garde.

— Voilà monsieur le commissaire !... dit Grelet.

Alors Meg se nomma :

— Monsieur, n'ayant rencontré ni le procureur de la République, ni le juge d'instruction, je viens vous demander si je puis rendre à M. Hartz cet agent qu'il désire reprendre ?... il a besoin de ses services... je pense qu'en faisant samedi la perquisition, vous aurez pu juger si...

M. Constant toisa assez impertinemment Mme de Garde.

— Je ne puis rien vous raconter !... — fit-il brusquement.

— Je le pense bien, monsieur !... —

répondit Meg un peu surprise — aussi n'est-ce pas là ce que je vous demande... je voudrais seulement savoir si je peux à présent sortir seule sans craindre un nouvel accident... parce que je suis tellement pourchassée...

M. Constant interrompit Mme de Garde et d'un ton narquois :

— Tant que ça?...

Puis, voyant l'air étonné de Meg, il ajouta aussitôt :

— Je n'ai aucun conseil à vous donner, madame !... vous ferez bien de voir demain M. Duteil... j'ai rempli samedi la mission dont j'étais chargé par lui...

Mme de Garde salua le commissaire de police en qui elle pressentait un ennemi. Grelet, resté immobile derrière elle, ouvrit la porte et s'effaça pour la laisser passer. A ce moment M. Constant, soulevant le bonnet dont il était coiffé, dit à Meg en lui désignant l'agent :

— Remarquez bien, madame, que je ne vous engage nullement à vous priver des services de monsieur...

Lorsque, le lendemain, Mme de Garde alla chez le juge d'instruction, elle croisa dans la galerie le commissaire aux délégations qui sortait du cabinet de M. Duteil. Il était fort rouge et passa près de Meg sans la voir.

Quand elle entra à son tour chez le juge d'instruction, elle apprit que la saisie avait été *manquée*. M. Duteil lui dit que le commissaire de police, chargé de saisir une toque à plumes *bleues* et un *très long* manteau sombre, avait rapporté un chapeau à plumes blanches et un petit vêtement de loutre *très court*.

Il ajouta :

— Mme Blaireau est d'ailleurs venue me voir et elle portait un manteau qui

répond assez exactement au signalement donné par vous et par le cocher...

— Mme Blaireau??? — fit Meg interrogativement.

— Oui... c'est le véritable nom de Geneviève Roland !... Bien entendu, elle proteste de son innocence et prétend que c'est une maîtresse de M. de Jurieu qui est coupable... elle nomme cette dame et affirme qu'elle tient cette version de M. de Jurieu lui-même... Savez-vous qui cette histoire peut viser?...

— Pas du tout !... et je sais formellement, au contraire, que sur l'invitation du procureur de la République, M. de Jurieu a conseillé à Geneviève Roland de venir *spontanément* s'expliquer au parquet lui faisant comprendre que tout le monde sait que l'agression vient d'elle...

Puis, réfléchissant, Meg continua :

— Comment se fait-il que M. Constant, chargé de saisir un *très long manteau*, ait pris un petit vêtement *très court?*... Le manteau n'était donc pas là?... et, s'il n'y était pas, comment Geneviève Roland l'avait-elle pour venir vous voir?...

— Je sais fort bien que mes instructions ont été mal exécutées !... — répondit M. Duteil d'un ton raide.

Meg le regarda. Sa physionomie exprimait un vif mécontentement.

— Inutile d'insister... — pensa-t-elle — il est fixé sur le rôle que joue le commissaire aux délégations !...

Elle se leva. Mais M. Duteil la retint et, prenant dans un coin une petite valise qui renfermait les vêtements brûlés par le vitriol, il demanda sans l'ouvrir :

— Voulez-vous, madame, me dire quels objets contient cette valise?...

— Une robe, une chemise, des bas, des gants et un mouchoir...

— Il m'avait semblé voir, le jour où

vous m'avez présenté ces vêtements, un corsage inondé de vitriol?...

— Parfaitement!... une éponge!...

La physionomie de M. Duteil s'éclaira.

— Ah!... je le savais bien!... Je n'ai pas retrouvé tout à l'heure ce corsage... et je tenais à le montrer au commissaire de police...

Meg ouvrit la valise qui avait deux compartiments. Dans l'un, la jupe de drap loutre était seule. Dans l'autre, le corsage, la chemise, les bas de soie et les gants qui, trempés et ratatinés par le vitriol, ressemblaient à de petites boules de caoutchouc.

— C'est bien cela... — fit M. Duteil satisfait — c'est là l'objet que je voulais trouver...

Et retournant le corsage dans tous les sens:

— Vous avez de la chance de n'être pas plus abîmée!...

Meg replaça les objets dans la valise. Une infecte odeur remplissait le cabinet et une poussière voltigeait envolée des vêtements dont l'étoffe s'effritait.

En quittant M. Duteil, Mᵐᵉ de Garde entra chez le procureur de la République. Elle se rendait compte que le juge d'instruction avait eu avec M. Constant une contestation au sujet des vêtements brûlés. Pourquoi?... A quel propos? C'est ce qu'elle ne s'expliquait pas.

Le procureur de la République avait, lui aussi, reçu la visite de Geneviève Roland et de son avoué et ami Mᵉ Goujard. Meg démêla, dans ce qui lui fut très courtoisement insinué, qu'elle était accusée par ce dernier de s'être jeté à elle-même du vitriol.

Cette bêtise dans la mauvaise foi la révolta. Ainsi, elle se serait abîmée à plaisir et attiré « *à elle-même* » une histoire scandaleuse et pénible?... Pourquoi?... dans quel but?...

La défense expliquait que c'était par jalousie, pour ramener à elle M. de Jurieu qui s'en éloignait (?).

Avant de quitter le procureur de la République, Meg lui parla carrément de la singulière façon dont le commissaire aux délégations avait rempli son mandat.

— C'est vrai!... — répondit le magistrat, — elle a entortillé ce pauvre M. Constant!... il n'y a vu que du feu!...

— Tiens!... Je n'ai fait qu'entrevoir M. Constant, mais il ne m'avait pas fait l'effet d'un imbécile!...

Au fond, tout en étant contrariée du mauvais résultat de la perquisition, Meg avait envie de rire. La situation lui semblait plaisante. Elle trouvait que ce mandataire de la justice, se faisant complice et aidant l'accusée à se défiler, n'était pas un type banal.

En rentrant, elle raconta l'incident et fut très surprise de voir qu'il n'étonnait personne.

— Constant?... parbleu!... rien d'étonnant, alors!...

— Je vois ce qui s'est passé comme si j'y étais... — dit Jacques de Noue — l'entente a été vite faite!... tous deux sont gens à comprendre à demi-mot... et ils auront blagué ferme, je le parierais!... Constant, trouvant un manteau taché... ou pas de manteau du tout, a dû engager sa protégée à restaurer... ou à remplacer bien vite celui qu'elle avait fait disparaître...

— Il aura bien eu quelques petites hésitations traduites en fines plaisanteries...

— Tiens! je vois la scène du départ!... Lui, montrant la petite jaquette de loutre, en ricanant :

« Mais les chefs vont dire que c'est
une veste que je remporte?... »

« Et Geneviève, occupée à secouer la
poussière du combat :

« — Votre vertu rayonnera, au contraire ! vous pourrez juger que vous avez
laissé un manteau !... »

— En attendant... — fit M. de Garde
— on n'est pas plus avancé qu'avant la
perquisition !...

— C'est vrai — répliqua Jurieu —
seulement, singulière coïncidence, à partir
du jour où cette perquisition a eu lieu, le
correspondant dont j'ai confié les lettres
au parquet a brusquement cessé de me
témoigner son intérêt !... Depuis que Geneviève est accusée formellement, elle
reste tranquille !...

Meg secoua la tête :

— Moi, j'ai hâte que tout ça soit fini !...
je mène vraiment une vie impossible !...

— Ce n'est pas près d'être fini !... il y
a les confrontations, l'audition des derniers témoins, etc., etc.

— C'est vrai !... je dois être confrontée
avec Geneviève Roland un de ces jours...
— dit Mme de Garde — c'est une pers-
pective peu réjouissante !...

Jacques de Noue se récria :

— Peu réjouissante !... ça prouve que
tu n'es guère méchante !... il me semble,
au contraire, que, après ce qu'elle t'a fait,
tu devrais te réjouir de la voir là, en face
de toi, accusée... interrogée...

— Ma foi non !... je l'ai vue en face de
moi une fois, et ça m'a suffi !...

— C'est égal !... tu prends bien gentiment tout ça, va !... tu ris?...

— Je ne peux pas pleurer, n'est-ce pas,
je ne lui en veux pas beaucoup !... je lui
sais même presque gré de m'avoir manquée !...

CHAPITRE VIII

Mme de Garde fut appelée chez le juge
d'instruction le 30 décembre à une heure.
M. de Garde l'accompagnait pour qu'elle
n'attendît pas seule dans la galerie.
Lorsqu'ils arrivèrent, l'huissier leur dit :

— *Elle* est déjà chez M. Duteil !...
mais elle a donc peur de vous?... elle
n'a jamais voulu attendre ici son tour
d'entrer chez le juge !... elle est restée
dans la galerie des détenus !...

Et il désigna le corridor étroit et sombre qui sépare les cabinets des juges
d'instruction de la galerie des témoins.

Meg regarda autour d'elle et comprit
tout de suite pourquoi Gant de velours
tenait à se dissimuler. Elle craignait sans
doute d'être vue par un sportsman connu
qui arpentait la galerie, attendant son
tour pour témoigner dans une affaire financière quelconque.

L'interrogatoire de Geneviève fut très
long. A trois heures, M. Duteil la fit
sortir de son cabinet et elle resta à se promener, comme la première fois, dans le
couloir des détenus. Elle marchait lentement, à très petits pas, et chaque fois
qu'elle passait devant une des baies,
Mme de Garde reconnaissait la silhouette
entrevue au parc Monceau.

A trois heures et demie, l'interrogatoire recommença. Meg, atrocement en-
rhumée, grelottait, prise d'une fatigue
extrême. Enfin, à quatre heures, M. Duteil parut sur le seuil de sa porte, appe-
lant :

— Mme de Garde !...

Meg entra. Assise sur un grand fauteuil,
près du bureau du juge d'instruction,
tournant le dos à la porte, Geneviève
resta immobile.

— Veuillez vous asseoir, madame?...
— dit M. Duteil à Meg — on va vous donner lecture de l'interrogatoire de Mme Blaireau...

Encore Mme Blaireau ! ! !... décidément c'était bien la nouvelle étiquette de Geneviève Roland !

Mme de Garde prit une chaise et s'assit au coin de la cheminée. Enfin, elle allait donc pouvoir se chauffer ! Elle ne voyait plus du tout Geneviève que le dos du fauteuil lui cachait entièrement.

Le greffier commença la lecture. Gant de velours, gênée pour tourner la tête vers lui, se leva pour changer de place. En la voyant se rapprocher d'elle, Mme de Garde fit de côté un bond brusque. Elle se souvenait du parc Monceau. Ce mouvement fut inconscient et elle le regretta, craignant que Geneviève ne s'en fût aperçue.

Dès les premières lignes, Meg crut qu'on suivait l'avis de maître Goujard. Geneviève accusait nettement Mme de Garde, « femme violente et exaltée », de s'être vitriolée elle-même. Elle avouait avoir connu M. de Jurieu au Mont-Dore et être allée ensuite avec lui à Yport et à Spa. Elle soutenait que leurs relations étaient purement mondaines. M. de Jurieu lui avait fait une cour assidue, il est vrai, mais sans rien obtenir. Geneviève insinuait ensuite qu'il avait pris chez elle du papier à lettres « *pour le donner à Mme de Garde afin de lui nuire* ».

Enfin, voyant que les soupçons s'étaient portés sur elle, parce que le 20 août, lendemain de la visite à la Librairie Moderne, les lettres anonymes avaient commencé, elle niait avoir été le 19 à la Librairie, affirmant que, partie pour Yport avec M. de Jurieu le 10 août, elle n'en était revenue que le 29.

Ici, Meg interrompit.

— C'est impossible !... — dit-elle — je suis partie le 21 août pour Dinard... la veille, c'est-à-dire le 19, je suis allée à la Librairie Moderne... et comme M. Level me racontait que Mme Geneviève Roland l'avait questionné sur moi, je lui ai dit que je venais précisément de la rencontrer.

Gant de velours protesta. Elle lisait tout le temps un papier qu'elle tenait à la main. Elle offrait de dire toutes les dates qu'on voudrait savoir. Ainsi, par exemple, M. de Jurieu avait quitté le Mont-Dore le 4 août...

M. Duteil lui fit observer que personne ne parlait du Mont-Dore et que le départ de M. de Jurieu n'avait rien à faire à cette histoire. Alors, revenant à la date du 19, elle s'entêta.

Le 19 elle était depuis huit jours à Yort avec M. de Jurieu ! Positivement, elle tenait à être absente à cette date !

Meg, de son côté, ne céda pas.

— Le 19... — dit-elle — j'étais avenue de la Grande-Armée... je sortais de chez M. Alexandre Samud, dont l'hôtel est voisin de celui qu'habitait à cette époque Mme Geneviève Roland... Au moment où je sortais, elle montait en fiacre devant chez elle... et je me souviens parfaitement que quand M. Level m'a parlé d'elle, je lui ai dit que je venais de la rencontrer... De plus, il est faux également que M. de Jurieu ait été à Yport du 10 au 29, comme le dit Mme Roland, attendu que, jusqu'au 19, il est venu me voir presque tous les jours à Auteuil...

Pour la semaine qui précède, je ne peux que l'affirmer, sans plus... mais pour le 19, je le prouverai... parce que j'ai retrouvé une lettre de M. de Jurieu s'annonçant à déjeuner chez moi pour ce jour-là...

Geneviève Roland pataugeait, et sans rien perdre en apparence de son excessive effronterie, sentait qu'elle était allée un peu loin. Elle avait mis trop d'empressement à s'éloigner de Paris à une date où on prouverait facilement qu'elle y était.

Son si joli visage se marbrait de plaques rouges, particulièrement à la mâchoire et aux ailes du nez, et ses sourcils, déjà très écartés des yeux, s'enlevaient tout à fait dans le front, donnant à la physionomie une expression effarée et vulgaire.

M. Duteil l'ayant engagée, d'un air un peu narquois — et tout en la félicitant de sa prodigieuse mémoire — à ne pas trop appuyer sur les dates, elle lui lança en dessous un regard haineux et permit au greffier de reprendre sa lecture.

Dans son interrogatoire, Geneviève disait encore que : « étant au Mont-Dore, elle avait vu des lettres de Mme de Garde adressées à M. de Jurieu, et qu'il lui eût été bien facile d'en *détourner* si elle l'eût voulu (?).

Meg s'adressa à M. Duteil.

— Seriez-vous assez bon, monsieur, pour demander à madame comment elle connaît mon écriture?...

Geneviève bafouilla rapidement une réponse où Mme de Garde distingua qu'il était question du *Parlement.*

La lecture s'acheva enfin, et Meg vit avec plaisir que Gant de velours se contredisait constamment. Elle insinuait au début « que l'agression était *simulée* par Mme de Garde, qui ne fût certes pas sortie, elle si élégante! avec cette vilaine robe! »

Le fait est que la pauvre robe, transformée en haillons, manquait totalement d'élégance.

Puis, à la fin de l'interrogatoire, Geneviève reconnaissait la réalité de l'agression, citait le nom de la *prétendue* vitrioleuse, et affirmait tenir ce nom et cette version de M. de Jurieu.

Alors, M. Duteil pria Gant de velours de mettre la toque et le grand manteau. Elle devint plus rouge encore, mais elle obéit.

Meg reconnut la silhouette.

La personne entrevue avait, toutefois, des jupes moins bouffantes. Mais c'était bien la même ligne fuyante d'épaules, le même dos légèrement arrondi... Quant au visage, Mme de Garde ne l'avait pas vu.

On fit alors entrer le cocher 2827.

Lorsqu'il s'avança, un peu embarrassé, mais regardant Geneviève bien en face d'un œil clair et attentif, elle se déconcerta visiblement et, s'adressant à M. Duteil :

— Monsieur le juge d'instruction?... voulez-vous me permettre de vous poser une question?...

— Sans doute, madame!...

Gant de velours prit une pose, leva le menton, et désignant le cocher d'un geste altier, demanda d'un ton théâtral :

— Quel est cet homme?...

Le ton, le mouvement, l'attitude étaient si complètement ridicules que Meg, le cocher et le greffier baissèrent le nez, pris d'envie de rire, évitant de se regarder.

— Reconnaissez-vous madame? — demanda M. Duteil au cocher.

Celui-ci toisa rapidement Gant de velours et, tout à coup, s'adressant directement à elle :

— Vous aviez un autre manteau?...

Sans répondre, elle sourit d'un sourire faux et contraint.

— Ne vous adressez pas à l'inculpée...

— dit le juge d'instruction — elle ne peut vous répondre.

Comme Mme de Garde, le cocher reconnut la tournure de Geneviève. Mais, selon lui, « *le manteau avait quelque chose de changé,* » et les plumes de la toque qu'il avait vue étaient plus « *foncées* » que celles-là. Quant au visage, il était couvert d'un voile épais.

— Jamais... — affirma Gant de velours — je n'ai eu d'autre toque que celle-ci...

Mais le cocher tenait à son idée et, en venant signer sa déposition, il dit à demi-voix à Meg, silencieuse dans son coin :

— Sûr, allez !... elle avait pas tout à fait le manteau-là !... ni le chapeau non plus !...

Lorsque le cocher fut sorti, Geneviève éleva la voix, prétendant que le 25 octobre, jour d'une première au Vaudeville, elle était allée de quatre à sept chez sa modiste et n'avait pu être à la même heure au parc Monceau ! Tout le temps, elle parlait d'*alibi*, disant qu'on ne pensait pas toujours à préparer un alibi, ressassant les mêmes phrases, des phrases toutes faites, des clichés rebattus. Il semblait à Meg qu'elle lisait un des échos du *Parlement* et ce mot d'« alibi », fréquemment répété, l'étonnait sortant d'une bouche qui se prétendait innocente.

Avant de se retirer, Gant de velours demanda au juge d'instruction l'autorisation de s'absenter pendant cinq jours. Puis elle se rhabilla, et M. Duteil lui permit de reprendre la petite jaquette de loutre si habilement saisie par M. Constant.

Geneviève semblait d'ailleurs plus effrontée que jamais. Elle disait que : *on s'expliquerait devant la police correctionnelle, que c'était son affaire...* enfin, elle faisait entendre à M. Duteil — impassible et dédaigneux, — que « *elle, Mme Blaireau, allait poursuivre le parquet ! ! !* »

Et lorsqu'elle sortit, traversant le cabinet, Meg remarqua encore cette démarche gênée, à la fois sautillante et lourde, qui l'avait frappée lorsque la vitrioleuse venait à sa rencontre au parc Monceau.

CHAPITRE IX

— Comment as-tu trouvé Geneviève ? — demanda Jacques de Noue à Meg.

— Eh bien ! sa vue m'a fait comprendre encore moins son vitriol !... Quand il y a entre deux femmes la différence physique qui existe entre elle et moi, le vitriol ne change pas grand'chose !... elle est tellement jolie !...

— Bah ! tu crois ça !... parce que tu es myope !... faut pas regarder de trop près, va !... la peau est épaisse, l'oreille canaille, les hanches lourdes, les attaches engorgées... elle a une tête romaine !... mais à la longue, c'est fatigant, ce modèle-là !...

— A propos !... — dit Mme de Garde — on va peut-être appeler M. Peyrolles... elle a parlé dans son interrogatoire de lettres de moi... de mon écriture... du *Parlement*, etc..., etc..., et ma foi, j'ai dit qu'il valait mieux s'expliquer làdessus avec le rédacteur en chef...

— Il faut le prévenir !... — fit M. de Garde.

Meg alla le lendemain au *Parlement* et, comme elle se disposait à avertir Claude Peyrolles que peut-être il serait appelé à témoigner, il vint de lui-même au-devant de l'explication, demandant :

— Eh bien?... et mon soi-disant bleu?

— On sait qui l'a écrit !...

— Qui est-ce ?...

— La personne qui m'a jeté du vitriol... Comme il y a cinquante témoins au courant de la chose, je peux bien vous dire qui c'est ?... — Eh bien, positivement, c'est Geneviève Roland...

Et voyant M. Claude Peyrolles qui la regardait l'œil dilaté et la bouche entr'ouverte, Mme de Garde demanda :

— Alors, vous ne vous en doutiez pas ?

— Elle !... — balbutiait le rédacteur en chef du *Parlement* — mais c'est elle qui, précisément, m'a parlé de ce qui vous était arrivé... m'a donné des détails sur cette agression !...

— Dame !... elle était mieux renseignée que quiconque !...

— Elle m'a raconté que c'était une maîtresse de M. de Jurieu qui, par jalousie, vous avait vitriolée... croyant què...

— Eh bien ! mais elle vous a dit la vérité !...

— Elle m'a affirmé qu'elle tenait cette histoire de M. de Jurieu lui-même... cette dame... qui est une vieille femme... a, paraît-il, d'incontestables droits sur ce monsieur...

— Vraiment ?...

— Oui... et comme Geneviève Roland a été mêlée à une histoire concernant cette dame et M. de Jurieu, elle avait très peur, m'a-t-elle dit, d'être appelée chez le procureur de la République... elle m'a même prévenu que je serais peut-être appelé aussi...

— Vous ?... Pourquoi ça ?...

— Parce que je la connais !...

— La dame ?...

— Mais non ! elle... Geneviève Roland...

— Je ne comprends pas !...

— Je ne comprends pas non plus !...

et je voulais vous parler de tout ça dès le premier jour quand vous êtes venue avec M. de Garde... mais, outre qu'il m'était difficile de vous raconter à quelle source j'avais puisé mes renseignements... M. de Garde ayant dit dans la conversation qu'il connaissait l'auteur de l'agression, je n'avais plus rien à vous apprendre... donc, autant valait me taire...

— Alors ?... Geneviève Roland avait peur d'être appelée chez le procureur de la République ?...

— Très peur !... et je comprends maintenant pourquoi !... Mais pourquoi vous a-t-elle jeté ce vitriol ?...

— Parce qu'elle a rencontré au Mont-Dore M. de Jurieu, un de nos amis intimes... là, elle est devenue sa maîtresse, puis ils ont voyagé ensemble... Au retour, elle a été jalouse des fréquentes visites de Jurieu chez moi et elle a dû, je suppose, l'inviter à les cesser... Voyant qu'il continuait à venir, elle m'a écrit des lettres anonymes qui m'avertissaient de ses relations avec M. de Jurieu... puis, n'ayant pas réussi, comme elle l'espérait, à m'empêcher de le recevoir, elle a écrit de nouveau, disant de lui des horreurs, et offrant de prouver qu'il était « un monsieur abominable... » Elle m'a donné des rendez-vous auxquels je ne suis pas allée et, finalement, m'a *défendu* de recevoir Jurieu... Comme je ne tenais, bien entendu, aucun compte de cette défense, elle m'a menacée, par des lettres anonymes toujours... et enfin, le 25 octobre, elle m'a, comme vous savez, vitriolée au parc Monceau quand je sortais de chez Stéphane, chez lequel je vais tous les lundis de cinq à six...

Remarquant que M. Peyrolles avait l'air très embêté, Mme de Garde reprit :

— Je vous demande pardon !... vous la connaissez beaucoup... et je crains...

Le directeur du *Parlement* interrompit brusquement Meg :

— Je la connaissais surtout !... vous savez... ou vous ne savez pas, que j'ai été très amoureux d'elle ?...

Le mot « *amoureux* », s'appliquant à un sentiment inspiré par Geneviève Roland, fit sourire Mme de Garde.

— Depuis quelque temps... — continua M. Claude Peyrolles — je ne la vois plus !... ou presque plus... elle s'est ignoblement conduite avec moi !... vous savez qu'en ce moment elle a un nouveau flirt ?...

— Je n'en sais rien, je le présume !... — fit Meg à qui, dans ce cas, le mot *flirt* semblait aussi étrange que celui d'*amoureux* — mais ça m'est égal !...

— C'est un flirt très sérieux !... elle est en ce moment à Bruxelles avec l'individu...

— Oui... effectivement... mercredi elle a demandé devant moi au juge d'instruction la permission de s'absenter jusqu'à lundi ou mardi.

— Comment, la permission au juge d'instruction ?... Elle a été appelée chez le juge d'instruction ?...

— Plusieurs fois !... mais mercredi elle est restée de une heure à six heures dans son cabinet où j'ai été confrontée avec elle, ainsi que le cocher de fiacre qui l'a conduite au parc Monceau... On m'a lu son interrogatoire et...

— Qu'est-ce qu'elle dit ?...

— Elle nie naturellement !... seulement, elle se contredit tout le temps !... Elle affirme que M. de Jurieu connaît la coupable et la lui a nommée... et ça, c'est exact !... M. de Jurieu lui a fait comprendre qu'on sait que c'est elle et elle a fort bien compris... elle affirme néanmoins que c'est une dame mûre...

— L'histoire qu'elle m'a racontée ?...

— Précisément !... mais son ami et conseil, M. Goujard... un avoué... l'a sans doute engagée à dire que je me suis *moi-même* arrosée de vitriol... car c'est maintenant la nouvelle version que, lui, colporte et que, elle, s'occupe activement de mettre en circulation... sans aucun amour-propre d'auteur, puisqu'elle est forcée d'abandonner sa version à elle... Seulement, ce monsieur, plus dévoué qu'intelligent, aurait dû avertir sa cliente qu'il fallait choisir entre la vieille dame et moi... afin de ne pas se contredire comme elle l'a fait tout le temps de son interrogatoire...

M. Claude Peyrolles paraissait stupéfait, mais il ne protestait nullement contre la culpabilité de Geneviève. Un voile placé devant ses yeux semblait au contraire se déchirer.

— Je savais... — dit-il à Meg — qu'elle avait rencontré au Mont-Dore M. de Jurieu, mais je ne soupçonnais pas une liaison... elle-même me parlait de lui et surtout de vous...

— Est-ce que vous avez su, dès le début, qu'elle eût connu ce monsieur au Mont-Dore ?...

— Je ne l'ai su que plus tard... lorsque j'ai soupçonné d'où venaient les lettres... à ce moment-là, je me suis tout naturellement renseignée...

— Mais alors... pourquoi vos soupçons se sont-ils portés sur elle ?...

— Ah ! voilà !... c'est qu'elle est allée à la Librairie Moderne au mois d'août demander sur moi les renseignements les plus précis... et comme elle a dit à M. Level qu'elle était « Gant de velours », il a cru...

— Elle a dit qu'elle était « Gant de velours » !... vous êtes sûr qu'elle l'a dit ?...

— Dame, c'est ainsi que je l'ai su...

Cette fois le rédacteur en chef du *Parlement* était agacé. Il demanda :

— Mais le mobile?... quel intérêt avait-elle à se risquer ainsi?... dans quel but?...

— C'est ce que le parquet s'est tout d'abord demandé... et nous aussi, d'ailleurs!... Mais les renseignements recueillis expliquent cet acte étrange... il y a contre elle au parquet une déposition qui révèle un crime...

— Son mari, n'est-ce pas?...

— Vous le saviez?...

— Oui, mais vaguement... Est-ce qu'il y a une déposition?...

— Formelle...

— De qui?...

— D'un magistrat!... sans parler de tout ce qui figure au dossier... histoires de chantage, menaces... etc..., etc... les principaux intéressés témoigneront si on le désire... A propos, vous serez peut-être appelé aussi...

— Moi?...

— Oui... elle a parlé de lettres de moi qu'elle aurait vues au *Parlement!*... puis on se demande si elle est réellement Gant de velours... ça étonne un peu, vous comprenez?... j'ai dit que je le croyais... mais que c'était vous qu'il fallait interroger là-dessus...

— C'est délicieux!... me voilà mêlé à ça, à présent!...

— Oh! mêlé! de bien loin!...

— C'est embêtant tout de même!... quelle grue!...

CHAPITRE X

Le rédacteur en chef du *Parlement* avait, comme tout le monde, gobé très fort, à un moment donné, Geneviève Roland.

Mais alors que beaucoup, parmi les amis de la célèbre fille, apercevaient vite qu'ils avaient affaire à une vulgaire grue, Claude Peyrolles, fin et intelligent de coutume, s'était laissé rouler par elle comme un gamin. Et voilà qu'il venait de découvrir que non seulement Geneviève le trahissait dans le présent avec « l'individu » dont il venait de parler à Meg, mais encore elle l'avait trahi dans le passé!... Lorsqu'il la croyait bien seule, toute à lui, s'ennuyant au Mont-Dore, ou à Paris, uniquement occupée de sa peinture, elle le remplaçait par ce Jurieu!

Il se rappelait à présent combien depuis son retour des eaux il l'avait peu vue! Elle prétendait que son déménagement l'absorbait! Son déménagement?... Tonnerre!... Et non contente de le tromper, elle se moquait de lui!... Eh! oui! dans cette histoire de vitriol, par exemple, où elle lui avait placé, avec accompagnement de détails pharamineux, la version qu'il venait de replacer à la victime!...

Ainsi, c'était fini! la jolie fille le trahissait? Oh! mais là, bien!!! trahison de la veille avec M. de Jurieu!... trahison du lendemain avec Richaux!... — Car il n'avait pas voulu le dire à Mme de Garde!... c'était Richaux!... — Oui, elle avait pris un amant dans la rédaction!... Elle avait choisi un simple soldat du régiment!... elle poussait jusque-là!... Ce Richaux?... un garçon auquel il avait mis lui-même la plume à la main!... qui lui devait tout!...

Tout cela n'était rien encore. Le pire, c'est que la drôlesse avait divulgué sa collaboration au *Parlement*. Et le grave journal « centregauchard » se trouvait gravement compromis dans la personne d'un de ses collaborateurs masqués, de ce Gant de velours qu'il avait, lui, rédacteur en chef, accepté en dépit du respect dû aux doctrinaires de marque.

Car il n'y avait pas à dire, c'était lui qui avait introduit, et Dieu sait au prix de quels efforts, Geneviève Roland au *Parlement!*

Un beau jour, elle lui avait déclaré qu'elle voulait écrire et il l'avait vivement poussée dans cette voie. Il rêvait de s'associer à la régénération de « Mme Blaireau !... »

Il fit compliment à Geneviève de sa bonne idée et s'offrit à placer « pour voir » un de ses articles. Mais elle ne l'entendait pas ainsi.

— Comment, placer?... mais c'est à ton journal que j'écrirai !...

Si amoureux qu'il fût, M. Claude Peyrolles avait tout d'abord regimbé. Il sentait tout ce qu'une collaboration de cette nature avait d'irrespectueux pour les idées du journal et, comme il en refusait formellement l'entrée à Geneviève, elle lui avait mis le marché à la main : « La faire collaborer au *Parlement* ou ne plus mettre les pieds chez elle ! »

Elle tenait à cette collaboration. Outre qu'elle toucherait des sommes assez rondes, elle serait meublée, coiffée, habillée, en un mot *fournie à l'œil* dans les magasins qu'elle recommanderait. Elle connaissait le truc et sa rapacité se réjouissait d'être à même de l'employer.

Bien entendu, Peyrolles céda. Il prit même goût à la chose. Geneviève lui rendait de réels services à l'article réclame. Elle excellait à glisser sournoisement, au beau milieu d'une petite tartine vertueuse, le nom d'un fournisseur quelconque : tapissier, parfumeur, etc..., etc... *Le Parlement* fut inondé de descriptions de toilettes et d'adresses de modistes, couturières et *chausseurs* (sic).

Bientôt *Le Parlement* fut noyé dans la prose débordante de son joli rédacteur. Les pseudonymes se multiplièrent : « Gant de velours » et quelquefois « *Gant de coton* » se consacrèrent au côté mondain négligé jusque-là. Toilettes, reportage, potin de la veille et racontar du lendemain. Les Berquinades furent signées « *Jean Modeste* »; l'article Réclame simple « *Tout le monde* »; la Réclame déguisée « *Spy* », etc., etc...

Une véritable puissance, cette réclame déguisée. Presque toujours le naïf fournisseur la paye deux fois : 1° à l'auteur de l'article, en nature; 2° au journal qui ouvre ses colonnes à cette nourrissante littérature.

Le Parlement eut bien, par-ci par-là, quelques mécomptes. Il arriva, par exemple, que Geneviève, emportée par la force de l'habitude, fit sur *les cadeaux* un article rappelant un peu trop les origines de son auteur.

Une femme du *meilleur monde* impose à ses amis le même cadeau à lui faire le jour de sa fête : *un collier!* Suivait alors la description des susdits colliers; depuis celui de mille louis, du *gros banquier*, jusqu'à la modeste offrande du pauvre *ouverrier*, qu'elle a obligé un jour et qui se contente de lui donner un collier de turquoises (!!!).

Ces singulières habitudes *mondaines* étonnaient bien quelques lectrices bourgeoises et encroûtées, mais bast !

Une autre fois, Gant de velours intitulait : «*Petit manuel d'une femme très v'lan* », un recueil de conseils à faire dresser les cheveux sur la tête à Mme de Bassanville elle-même. Elle indiquait l'attitude que doit avoir la maîtresse de maison *très v'lan*, présidant son *five o'clock tea*. Elle déclarait péremptoirement que « celle-ci devait présenter aux femmes *tous les hommes !* (toujours les bons principes !) et qu'il ne fallait jamais nommer une femme à une autre, attendu que toutes les femmes du monde sont censés se connaître (!). Puis la maîtresse de maison devait s'occuper « tout particulièrement des *prélats ! ! !* » (les prélats étant — c'est connu — des piliers de *five o'clock tea !*) Gant de velours désignait également la tenue que la femme *très v'lan* doit adopter pour « aller le matin à l'église », pour faire « ses emplettes » « *ou aller voir ses enfants ?* » Où ça, voir ses enfants ? Geneviève, ignorante sur ce point, oubliait qu'on a *généralement ses enfants chez soi* s'ils sont petits, et que quand ils sont en pension, on va les voir aux jours fixés et non le matin, quand l'idée en vient. La toilette prescrite *pour aller à l'église et « voir les enfants »* était *une robe sombre et un voile épais ?* Pourquoi ces précautions ? — s'étaient demandé quelques lectrices — depuis quand met-on un voile épais et un manteau couleur de muraille, pour aller à l'église et « voir ses enfants ?... »

Mais si le côté fille, qui reparaissait quelquefois dans les articles de Gant de velours, choquait les difficiles, en revanche, le côté larmoyant, « la note émue » transportait d'admiration les vertueuses abonnées républicaines. Plusieurs avaient questionné avec intérêt M. Claude Peyrolles. Qui donc était ce « Gant de velours » doux et tendre qui abordait les sujets de haute morale et les traitait en maître ?...

Et le jour où l'affaire du parc Monceau viendrait à l'audience, les respectables abonnées apprendraient que Gant de velours était une fille !... Quel coup !...

———————

CHAPITRE XI

Dans la première quinzaine de janvier une main discrète et bienveillante vint un soir glisser sans péril, dans la boîte aux lettres de la maison d'Auteuil, un article coupé dans un journal. La signature était supprimée.

Cet article, effroyablement injurieux pour un littérateur d'un réel talent, visait aussi Mme de Garde.

Il était de Richaux et avait paru dans *le Bon Droit* à la fin de décembre.

L'article, ayant occasionné un duel, avait eu un grand retentissement, mais les Garde n'en avaient lu que des extraits où leur nom ne figurait pas et ils furent stupéfaits en recevant cette injure imprévue.

Richaux, comme toujours, plein d'entrain et de verve, entonnait un hymne enthousiaste à l'idéal dans l'art.

Il rappelait, au début, ses principes de critique et la nécessité impérieuse, pour tout artiste digne de ce nom, d'imprimer à son œuvre le caractère impeccable de vertu sans lequel toute production était vouée à son absolu mépris. Puis, descendant des cimes éthérées où, loin de toute compromission, de toute faiblesse humaine, il contemplait, dans la majestueuse et implacable sérénité de son isolement, l'éternel beau, splendeur du vrai, rayonnement du bien, il malmenait avec cette âpreté, ce manque d'indulgence que se permettent les natures d'élite « en mission », quelques œuvres contemporaines.

Sa colère altière et vengeresse l'entraînant, il marchait sans pitié vers son but, sans vains scrupules quant aux moyens.

Sa muse ne dédaignait pas, pour flétrir ses sœurs, compagnes indignes, déchues, d'emprunter aux vierges de carrefour leurs pensées, leur langage, jusqu'à leurs phrases stéréotypées d'appel... L'alcôve banale, où s'épanouit la brute humaine, lui fournissait des images; les meubles utiles des boudoirs tarifés, des comparaisons méprisantes. Il s'abaissait à demander à l'eau lustrale des coupes où descend le vice repu, de raviver son inspiration, de ranimer son ardeur, de lui donner des regains de violence. Il était pris comme d'une fluence d'expressions malpropres, basses, ordurières, dégoûtantes ! La description de la fange l'avait grisé de son relent malsain. Il semblait vaincu par l'ennemi qu'il était venu terrasser, et là-haut, dans l'Empyrée, les immortels, attentifs, le contemplaient anxieux... Mais bientôt, son œuvre de farouche justicier accomplie, Richaux regagnait d'une envolée sublime sa place aux pieds des dieux rassérénés.

Au cours de cette exécution esthétique, de cette danse macabre, l'impitoyable critique avait eu la délicate attention de songer à Mme de Garde. Elle faisait partie du cortège des victimes expiatoires et, par un singulier raffinement de bon goût, Richaux lui avait donné une place d'honneur, en accolant son nom à celui d'une personne récemment condamnée pour outrage aux mœurs. Or, il était à remarquer que les quelques tableaux exposés par Meg, et qui servaient de prétexte à l'excès d'indignation du journaliste, avaient toujours été signés d'un pseudonyme. L'intention était manifeste.

D'où venait donc à cette âme vertueuse l'inspiration subite, bien que tardive, de sauver une fois de plus la morale ?

Quel messager céleste lui avait commandé le dédain de toute courtoisie, des mesquines considérations sociales et mondaines, le mépris de la plus vulgaire bienséance ?

Meg se posait naïvement cette question. La lecture de l'article la bouleversait. Elle avait envie de pleurer.

— Parbleu !... c'est Geneviève Roland ! — dit M. de Garde exaspéré.

Meg se récria :

— Allons donc ?... c'est impossible !...

— Que si, c'est elle !... — dit Jacques de Noue — Richaux ne la quitte plus un instant...

— Qu'est-ce que ça fait ?... il peut avoir des relations avec elle... c'est le droit de chacun... mais de là à se faire son répondant...

— Tu pourrais même dire son complice ?...

— Non !... il la connaît depuis si peu de temps !... elle est d'ailleurs trop... demi-monde pour un galant homme...

— Un galant homme !... tu as l'admiration tenace... — dit Jacques de Noue agacé — et tu n'es vraiment pas rancunière !... C'est un drôle !...

— Pourquoi dis-tu ça ?... tu n'en sais rien ?...

— Je m'incline... c'est un homme charmant !...

— Eh ! je sais bien que c'est un enragé ! mais un enragé sympathique... il a de l'élan !...

— Ah ! il est joli, son élan !... parlons-en !... c'est Geneviève qui commence et lui qui achève !... touchante association : « *Gant de velours, Richaux et Cie !*... » Pouah ! ! !...

— Tu supposes ça ?... car enfin ma peinture peut lui déplaire, à ce monsieur ?...

— Ta peinture ?... Tu divagues !... est-ce qu'il en a jamais parlé, de ta peinture ?...

— Jamais, c'est vrai !...

— Quand tu as exposé... à l'époque du Salon... enfin, dans toutes les circonstances où il aurait eu l'occasion de s'occuper de toi, il a gardé le plus parfait silence, et aujourd'hui qu'il est en ménage avec une fille qui t'a vitriolée... et manquée... il entre en ligne pour rectifier son tir !... il joue de la plume là où ses camarades jouent du couteau... Chacun ses armes !...

— Du couteau ?...

— Mais oui... ton Richaux est membre de droit d'une très intéressante corporation... que tu ne connais qu'imparfaitement...

— Pourquoi ça ?...

— Parce qu'elle ne travaille « ouvertement » que dans certains coins où tu ne vas pas... là elle fait, bravement et en courant plus de dangers, un métier certainement moins lucratif... Saisis-tu ?...

— Pas très bien !...

— C'est pourtant clair !... Dans ces quartiers privilégiés on se rend de petits services... chacun « *soutient* » sa chacune. Cette classe d'individus a un nom...

— Oh !... dit Meg indignée.

— Il n'y a pas de « Oh ! » c'est comme ça !...Crois-tu qu'un monsieur dans une situation irrégulière, mais cependant avouable, se poserait en champion d'une fille dans une histoire de ce genre... cette fille ne fût-elle que soupçonnée ?...

— Moi... — dit M. de Garde — je vais aller attendre cet individu à la porte du *Bon Droit* et je le moucherai dans son article...

M. de Sauves et Jurieu protestèrent et Jacques de Noue poussa les hauts cris.

— Tu es fou, toi ?... est-ce qu'on se bat avec ces oiseaux-là ?... ils ne relèvent que de la police des mœurs !... Si M. Léo

Caldès eût été mieux renseigné, il n'aurait probablement pas fait à Richaux l'honneur de se battre avec lui... C'est absurde !...

Mme de Garde n'était pas tout à fait convaincue, mais, quelques semaines plus tard, une lettre adressée par Richaux à « Mme Blaireau », et déposée par elle à l'instruction, vint lever ses derniers doutes. Cette lettre, rapportant assez exactement la conversation de Claude Peyrolles et de Meg, disait à peu près ceci :

« Ma chère amie,

« Je viens très volontiers vous répéter par écrit ce que je vous ai dit hier. Mme de Garde a dit à M. Claude Peyrolles que vous aviez été la maîtresse de M. de Jurieu, que vous lui avez écrit, à elle, des lettres anonymes, que vous l'avez vitriolée, etc., etc. »

Richaux terminait en autorisant Mme Blaireau « à faire de ce document l'usage qu'elle voudrait », et en lui adressant « les encouragements les plus sympathiques pour la pénible séance du lendemain. »

En apprenant l'existence de cette lettre, Mme de Garde fut saisie. Ainsi Richaux avouait tacitement qu'il était le soutien d'une fille en possession de pas mal d'argent et d'années de plus que lui !... Cette lettre, rapprochée de l'article du *Bon Droit*, ne laissait aucun doute à ce sujet.

Peyrolles s'était laissé tirer les vers du nez !... Mais quelle canaille, ce Richaux, qui trahissait la confiance de son rédacteur en chef !...

Tout ça ahurissait Meg.

— Comment ?... — disait en riant Jacques de Noue — à ton âge, tu t'étonnes encore qu'un pommier produise des pommes?...

— C'est vrai !... je suis bête !...

Et Meg continua en riant :

— Mais qu'est-ce que je vais devenir, moi, au milieu de cette bande?...

— Elle est étonnante !... — dit Jurieu — ça la fait rire !...

— A présent, oui !... mais tout à l'heure, je ne riais pas !... au premier moment, j'ai été terrifiée en lisant cet article !...

— Il y avait de quoi !...—fit M. de Garde. Et s'adressant à Pierre et à Jacques de Noue :

— Vous avez raison, on ne peut vraiment pas se battre avec Richaux, étant donné surtout le rôle qu'il joue dans cette histoire... mais on peut taper dessus?...

Meg haussa les épaules :

— C'est ça !... le besoin d'une seconde affaire se fait vivement sentir !...

— Vrai ! tu prends bien les choses !... — dit Jacques. Comment, une fille que tu ne connais ni d'Eve ni d'Adam t'accable de lettres anonymes, de menaces, te colle une potée de vitriol — pour insinuer ensuite et faire insinuer par un avoué crédule... ou complaisant, que tu te l'es jetée à toi-même... — et ça ne suffit pas?... Il faut encore qu'un monsieur absolument étranger à l'affaire vienne t'injurier grossièrement !... C'est monstrueux !... tiens !... regarde l'air consterné de ce pauvre Jurieu !...

— Il est certain, — dit Jurieu — que je suis extrêmement malheureux de cette horrible histoire !...

— A quoi bon se désoler, puisque je n'ai pas eu de mal?...

Et s'adressant à Pierre :

— Vous d'abord... vous devriez repartir pour Nice... il y a plus de huit jours que vous n'y êtes allé... et grand'-mère m'écrit que Suzette commence à avoir le spleen... vous savez ce que ça veut dire, n'est-ce pas?...

— C'est que je vais probablement être appelé à déposer de nouveau...

—— Comment ça?... je croyais que M. Duteil vous avait déjà entendu deux fois?...

— Oui... mais j'ai évité de répondre aux questions qu'il m'adressait... et tout en trouvant ma réserve excessive, il a bien voulu ne pas insister...

— Eh bien?... — s'écria Jacques de Noue — vous êtes vraiment bon, par exemple, de ménager une gredine pareille !

— Dites naïf... ne vous gênez pas? j'avoue que si la sécurité de Mme de Garde est assurée, je trouve le tapage d'un procès inutile et j'aime autant que cette malheureuse aille se faire pendre ailleurs.

Jacques protesta :

— Se faire pendre?... elle ne le sera jamais, pendue !... surtout si ceux qui suivent font comme vous et tous ceux qui vous ont précédé...

— Pourquoi donc !... — demanda Meg à Pierre — seriez-vous appelé de nouveau?

— Parce que je suis averti que Geneviève... après avoir affirmé qu'elle n'a jamais eu de relations avec moi, qu'elle me connaissait à peine et n'aurait eu, par conséquent, aucune raison de commettre les actes qui lui sont reprochés, invoque aujourd'hui le témoignage de sa correspondance et me met en quelque sorte en demeure de produire ses lettres en prétendant que ce serait sa justification... elle a un joli toupet !

Etonnée, Mme de Garde demanda :

— Mais pourquoi donc fait-elle ça?...

— Parce qu'elle est convaincue —

expliqua Jacques — que si Jurieu n'a rien dit depuis le commencement de l'instruction, c'est qu'il n'a pas gardé les lettres, parbleu !...

— Il est, je crois, dangereux de se montrer indulgent pour Gant de velours... — remarqua M. de Garde — quand elle se sait soupçonnée, elle reste tranquille, mais dès qu'elle se rassure, son audace s'accroît... A la suite de la visite où Jurieu l'a prévenue qu'on connaissait la coupable, elle a paru vouloir se tenir en repos... mais dès qu'elle a vu qu'on n'agissait pas, elle a sans doute pensé qu'on était arrêté par le manque de preuves ou la crainte d'un scandale... alors les rendez-vous, fausses dépêches et lettres anonymes ont recommencé de plus belle ! ce n'est, à vrai dire, qu'à partir de la perquisition qu'elle a définitivement cessé de nous tourmenter...

— Sans compter que depuis cette agression... où elle n'est soi-disant pour rien... elle raconte de tous les côtés des histoires plus ou moins vraisemblables et qui varient selon les milieux où elle officie... — affirma Jacques de Noue.

— Oh ! — répondit Jurieu — j'ai moins que tout autre d'illusions sur sa façon de procéder, moi qui suis traqué...

— D'ailleurs, nous savons par son dossier qu'elle est fertile en ressources !... — dit M. de Garde en riant.

— Oui !... — s'écria Jacques — elle a l'aplomb d'insinuer que Meg a inventé cette histoire !... Si on m'accusait d'avoir dévalisé... M. Loubet, par exemple, il me semble que je serais atterré autant qu'innocent et que, dans tous les cas, je ne commencerais pas par l'injurier en voulant prouver qu'il s'est volé lui-même !...

— C'est vrai !... — dit Jurieu — elle insinue que Meg a tout fait et, pour donner plus de vraisemblance à cette insinuation, elle prétend aussi — paraît-il — que je l'ai aidée à s'écrire à elle-même les lettres anonymes et que, dans ce but, j'ai pris chez Geneviève du papier à lettre...

— Il faut lui savoir gré de ne pas dire, pendant qu'elle est en train... que vous êtes aussi la femme du parc Monceau qui a donné les cent sous au cocher...

— Enfin, que comptez-vous faire?... — demanda Meg à Jurieu.

— Mon Dieu !... comme ça dépasse un peu les bornes... il va bien falloir que je dise au moins une partie de ce que je sais... Et puis, il y a aussi mon agent.

— Quel agent?...

— L'individu qui m'écrivait « qu'il avait à me faire une communication très importante » et me donnait des rendez-vous auxquels il ne venait pas...

— Eh bien?...

— Eh bien ! c'est une casserole quelconque, qui fait partie d'une agence louche de l'autre côté de l'eau... M. Hartz a mis la main dessus... c'est un type qui a plusieurs condamnations déjà pour outrages à des magistrats, faux, etc., etc... On va le faire venir à l'instruction... M. Duteil l'entendra...

— Qu'est-ce qu'il vous voulait?...

— Pas de bien, sûr !...

— Elle cherche peut-être à vous faire flanquer une pile... ou mieux que ça?... — dit M. de Garde.

Jacques de Noue se récria :

— Oh ! non !... elle n'aurait pas besoin d'une casserole pour ça !... avec Richaux, ça ferait double emploi !...

Meg suivait son idée :

— Allez toujours à Nice !... les citations arrivent au moins trois jours d'avance... les Sauves vous enverront une dépêche et vous reviendrez tout de suite... Cette

pauvre Suzette sera si contente de vous
voir !...

— Je m'effraie pour elle de ce procès...
— dit M. de Garde — à ce moment-là,
nous serons obligés de lui apprendre la
vérité et ce sera terrible !...

— Elle ne pardonnera jamais, n'est-ce
pas ?.... — demanda Pierre anxieux.

Meg sourit tristement : — Elle pardonnera !... mais elle souffrira bien, allez !...

CHAPITRE XII

Un matin, vers dix heures, M. Constant
se présenta à Auteuil accompagné de son
greffier. Il venait chercher la cuisinière
des Garde pour la confronter avec la
femme de chambre de Geneviève Roland.

Deux fois une personne ayant l'aspect
d'une femme de chambre élégante s'était
présentée chez Mme de Garde sans donner
de motif plausible de sa visite.

Une première fois, du 15 au 20 août, un
matin, elle était venue sous prétexte de
s'informer d'une personne entrée récemment — disait-elle — au service de Mme de
Garde.

Ce fut la cuisinière qui ouvrit la porte.
Elle était depuis treize ans chez Meg
et elle répondit que personne n'était
entré à la maison récemment. Le plus
nouveau domestique était le valet de
chambre entré depuis cinq ans. La visiteuse n'insista pas du tout et demanda
seulement si Mme de Garde était là.

— Oui... — dit la cuisinière — est-
ce que vous désirez lui parler?...

— Non !... — répondit la femme qui
se retira.

A la fin de décembre, après que Meg eut

reçu le commissionnaire soi-disant envoyé par Jurieu, la fausse dépêche et
la dernière lettre anonyme, la même
femme était revenue.

C'était également un matin, et la
cuisinière qui sortait l'avait trouvée à la
grille au moment où elle sonnait. Cette
fois, elle ne se donna plus la peine de chercher un prétexte et demanda simplement
si Mme de Garde était chez elle.

— Oui... mais Mme la marquise n'est
pas levée et on ne peut pas lui parler à
présent...

— Je n'ai pas à lui parler... — dit la
femme en faisant un mouvement pour
s'éloigner, comme si le but de sa visite
fût atteint.

Surprise, la cuisinière la regarda et la
reconnaissant :

— C'est vous qui êtes déjà venue cet
été?... je vous reconnais bien...

— Non... — ce n'est pas moi — répondit vivement l'inconnue — je ne suis
jamais venue ici !...

Et elle s'en alla très vite, en ayant presque l'air de se sauver.

Etonnée de ces singulières allures, la
cuisinière raconta cette visite à Meg.
La femme était — disait-elle — pâle,
brune et osseuse.

Jacques de Noue, mis au courant de la
chose, déclara que ce signalement rappelait un peu celui de la femme de chambre
qui accompagnait Geneviève au Mont-
Dore. Sans doute elle l'envoyait s'informer pour savoir où était Meg, ce qu'elle
faisait, etc., etc.

Mme de Garde, très convaincue que
cette personne était envoyée par Gant de
velours, était certaine aussi qu'elle n'eût
pas envoyé sa femme de chambre, qui
eût risqué d'être reconnue par Jurieu ou
Jacques de Noue. Mais Jacques insistait.

Depuis le commencement de cette malheureuse histoire, Geneviève, si rouée qu'elle fût, commettait de lourdes fautes.

Lettres mises à la poste en France et à l'étranger, sans penser que les timbres des bureaux de poste pouvaient la trahir; papier à lettre spécial; phrases toutes faites; allusions précises équivalant à une signature; fiacre numéroté, pris et quitté à sa porte; manteau et toque habituellement portés; racontars divers sur l'agression, placés à droite et à gauche sans qu'on les lui demandât. Elle avait même personnellement filé Meg et s'était laissé reconnaître deux fois. Enfin, à l'instruction, elle avait un peu manqué de mesure, exagérant la finesse et allant au-devant de questions qui ne lui étaient pas posées encore et que sa culpabilité seule lui permettait de prévoir.

Il fut donc décidé qu'une confrontation entre la cuisinière des Garde et la femme de chambre de Geneviève aurait lieu.

Meg dormait quand on vint lui dire que M. Constant était là.

— Qu'est-ce qu'il veut?...

— Il vient pour emmener Joséphine !..: On doit lui faire reconnaître la personne qui vient demander Mme la marquise et s'en va sans entrer... mais Joséphine n'est pas revenue du marché et ce monsieur attend...

— Où est-il?...

— Dans la salle à manger, avec M. le marquis...

Meg se leva. Elle était contrariée que la confrontation n'eût pas lieu dans le cabinet de M. Duteil.

Lorsqu'elle descendit, M. Constant et M. de Garde causaient debout devant la cheminée. Le commissaire de police salua Meg et resta debout.

— Vous ne vous asseyez pas, monsieur?

— demanda-t-elle au bout d'un instant.

— M. Constant ne veut pas s'asseoir... — dit M. de Garde.

Meg se mit alors à causer, tout comme si elle ignorait le rôle que le commissaire de police avait joué dans l'affaire.

M. Constant, très amateur de bibelots, donna en connaisseur son avis sur les meubles anciens de la salle à manger. Il était toujours debout, correct sans raideur, les mains appuyées au dossier d'une grande chaise hollandaise. A un pas derrière lui, son greffier, immobile et silencieux, attendait.

Meg, assise en robe de chambre au coin de la cheminée, se chauffait accoudée du bras gauche. Au bout d'un instant, elle vit l'œil du commissaire de police se fixer sur elle avec attention. En suivant la direction du regard, elle vit que c'était son bras brûlé qui occupait M. Constant. Les larges plaques rouges du poignet et de l'avant-bras apparaissaient sous la manche flottante de la robe, semblables à d'énormes taches de vin. On eût pu croire que la vue de ces taches le gênait et Meg pensa : Si je lui montrais le coude, le haut du bras, et surtout le pied, il serait joliment surpris.

— Voyez donc, Maurice?... — dit-elle — je crois que Joséphine vient de rentrer?...

M. de Garde sortit. Aussitôt M. Constant demanda :

— Y a-t-il longtemps que cette femme est à votre service?...

— Treize ans !...

— Oh ! bien, mais alors elle vous est très dévouée?...

Meg eut envie de montrer au commissaire de police qu'elle comprenait dans quelle intention bienveillante il faisait cette remarque, mais elle redouta le premier mouvement et se tut. Seulement, inquiète, elle pensa :

« Pourvu que Joséphine ne reconnaisse personne !... on dirait que c'est un coup monté !... mais il n'y a aucun danger !... Gant de velours n'a pas été assez bête pour envoyer ici sa femme de chambre qui n'est peut-être au courant de rien... »

Une heure plus tard, M. Constant ramenait « Joséphine » qui n'avait pas reconnu la visiteuse d'Auteuil. Et Meg remarqua qu'au moment où M. Constant lui disait de se retirer, il ajoutait :

« — Ah ! ! ! enfin !... ça va marcher comme sur des roulettes ! »

. . . .

A son retour, Jurieu fut complètement édifié sur le mystérieux correspondant qui, depuis le jour de la perquisition, avait subitement cessé de s'intéresser à lui.

C'était un individu nommé Müller, employé à une agence de la rue du Cherche-Midi. Il donnait l'adresse de cette agence dans sa seconde lettre. Dans la première, il donnait son adresse à lui. Toutes deux étaient rue du Cherche-Midi, le numéro seul changeait.

Müller, dont le casier judiciaire était assez chargé, avait répondu aux questions du juge d'instruction avec une demi-franchise.

Sa déposition disait en substance :

« — J'ai été chargé de procurer sur « M. de Jurieu de *mauvais* renseignements. « On m'a promis cinquante francs si je « réussissais. J'ai d'abord cherché à m'in- « former de lui au ministère où j'ai beau- « coup d'amis (1). Là, je n'ai recueilli « que d'excellents renseignements. J'ai « également questionné des gens de son « quartier où il est très considéré. Enfin, « j'ai trouvé partout les renseignements

« opposés à ceux qu'on voulait avoir. « J'étais aussi chargé de filer M. de Ju- « rieu, de savoir où il allait, les noms de « ses maîtresses, etc..., etc... J'ai cru « comprendre, d'après ce qu'on m'a dit, « qu'il s'agissait d'empêcher un mariage. »

— Pourquoi n'êtes-vous pas allé au rendez-vous que vous fixiez à M. de Jurieu ?...

« — Parce que j'ai reçu l'ordre de « cesser de m'occuper de cette affaire... »

— Par qui étiez-vous chargé de cette commission ?...

« — Par un rédacteur du *Lampion*, « M. Lordery, avec qui je me suis ren- « contré par hasard chez un de mes pa- « rents qui habite près de chez moi... »

Un type, d'ailleurs, ce Müller !... Trente ans environ, une barbe blonde, un béret basque et un pince-nez. L'aspect d'un étudiant allemand ou d'un photographe vieux jeu. Il avait protesté de son honnêteté, avouant qu'il écrivait des lettres anonymes, filait les gens et faisait tout ce qui concerne son état, mais « n'avait jamais volé ».

M. Duteil faisait alors citer M. Lordery, du *Lampion*, et celui-ci déposait :

« — J'étais en effet chargé de procurer « de *mauvais* renseignements sur M. de « Jurieu. On avait promis cinquante francs « en cas de réussite. Il fallait savoir ce « qu'il avait fait autrefois, ce qu'il faisait « présentement. Il fallait le filer et donner « les noms de ses maîtresses, enfin, faire « un métier que je ne fais pas. J'ai alors « chargé Müller de la commission. On « paraissait tenir beaucoup à ces *mauvais* « renseignements. »

— Quelle est la personne qui vous les avait demandés ?...

« — Un nommé Barbat, rédacteur au « *Parlement.* »

Encore *Le Parlement !...* décidément,

ça se corsait ! Pas bêtes, les honnêtes
gens du *Parlement !...* et choisissant bien
leurs complices, car ce Lordery, du *Lam-*
pion, qui se refusait avec indignation à
filer M. de Jurieu, était, paraît-il, un an-
cien inspecteur de la Sûreté; celui-là
même que M. Massé avait arrêté volant
ses papiers à la préfecture pour les communiquer au *Lampion*.

Barbat, du *Parlement*, appelé à son tour,
se défendit de son mieux. On lui avait
fait la leçon. Il était bien décidé à ne
pas parler. Beaucoup plus canaille que
les deux autres, celui-là !

« — J'ai demandé des renseignements
« sur M. de Jurieu, tout simplement parce
« que j'avais entendu parler de lui. »

— Vraiment?... Mais en quoi cela vous
intéressait-il?...

« — Je suis reporter... »

— C'est entendu ! Mais l'agression dont
Mme de Garde a été l'objet a eu lieu le
25 octobre... et vous n'entrez en cam-
pagne qu'à la fin de décembre... C'est
un peu tard pour s'occuper d'un fait divers
dont le seul mérite est l'actualité... Qui
vous a chargé de cette mission?

« — Personne !... on parlait de ça à
la rédaction du *Parlement*... alors, j'ai
voulu savoir... »

— Et vous avez promis cinquante francs
pour avoir de *mauvais* renseignements?...

« — Je n'ai rien promis... »

Barbat mentait visiblement, mais
M. Duteil n'en put tirer autre chose.

— Il est probable... — dit Meg lorsque
Jurieu lui raconta le résultat des dépositions — que Richaux manquait de docu-
ments pour travailler sur votre dos...
les *mauvais* renseignements étaient des-
tinés à lui permettre de continuer son
joli métier...

— Peut-être bien...

— Hein !... quand je vous disais que
c'était une bande?... Alliance du *Parle-*
ment et du *Lampion !* C'est superbe !...
J'espère que les vertueux républicains se
voileraient la face s'ils apprenaient les
agissements de leur journal favori...

— Ce n'est pas tout — reprit Pierre —
la bande a évidemment chargé un de mes
camarades de se renseigner sur mon
compte...

— Comment le savez-vous?...

— Parce qu'il m'a tout bonnement
questionné sur moi-même, comme un
brave garçon qui ne se doute pas du
rôle indigne qu'on lui fait jouer...

— Et il vous a dit par qui il était chargé de cette... commission?...

— Non... il a paru très furieux, mais il
n'a rien voulu m'avouer...

— C'est gentil, cette petite affaire !...
— dit M. de Garde agacé — Meg a reçu
de M. Duteil une nouvelle citation... nous
devons être au Palais à une heure... il
paraît qu'on entendra les derniers témoins...

— Vous ne savez pas, Pierre?... —
s'écria Meg — M. Goujard a insisté pour
que l'on fît sur moi une enquête à Nantes...
prétendant que j'étais une femme abominable, capable de tout... ayant un passé
à faire frémir...

— Et alors?...

— Alors, le parquet a écrit au commissaire central qui a envoyé son rapport...
Est-ce que c'est un malin, maître Goujard?...

— On le dit !...

— Eh bien, j'ai idée qu'on se trompe !
il me semble maladroit de parler de passé
et d'enquête... dans une affaire où est
compromise Geneviève Roland !...

Jacques de Noue se mit à rire.

— Mais... — dit-il — Goujard est

rempli d'illusions !... Pour lui, Geneviève n'existe pas !... il ne connaît que « Mme Blaireau ! » une respectable dame chez laquelle il dîne correctement !... Elle a dû le prendre de haut avec lui !... Goujard affirme à qui veut l'entendre qu'elle n'a jamais connu Jurieu... et il ne faudrait pas le pousser beaucoup pour lui faire affirmer qu'elle n'a jamais connu personne !... Pour l'instant, il n'est préoccupé que d'une chose : « Comment, lorsque l'instruction aura démontré l'innocence de Mme Blaireau, s'y prendra-t-on pour la laver de cette horrible accusation, pour lui faire oublier qu'on a osé la « soupçonner ??? »

— Allons donc !... c'est une farce !... comment sais-tu ça ?... — demanda M. de Garde.

— Je le sais par un de mes amis qui est magistrat... et je ne plaisante pas le moins du monde... Goujard a très sérieusement posé cette question...

— Et qu'est-ce qu'on lui a répondu ?

— Que quand on en serait là, on verrait !...

CHAPITRE XIII

Le lendemain, lorsque les Garde entrèrent dans la galerie des juges d'instruction, ils aperçurent beaucoup de visages connus. Il y avait là M. Lebel, de la Librairie Moderne ; Mme Coralie, la couturière ; le pharmacien anglais qui avait soigné Mme de Garde ; le garçon de la pharmacie chargé de ramener le fiacre et le sergent de ville le jour de l'agression, et une grande et belle personne, que Meg reconnut tout de suite pour la caissière de Mme Birot, la modiste. Tous

apprirent aux Garde qu'ils avaient déjà été interrogés par M. Constant. Ils ne savaient pas pourquoi on les appelait de nouveau avant l'audience.

M. de Garde ne dit rien, mais il pensa que, probablement, le juge d'instruction trouvait plus sûr de les entendre *lui-même*.

Après l'interrogatoire de chaque témoin, M. Duteil faisait entrer Meg, à laquelle on lisait la déposition afin de savoir si elle n'avait pas d'observation à faire. Puis, le témoin signait sa déposition et Mme de Garde signait au-dessous de lui.

Les premiers témoins entendus furent ceux de la pharmacie.

Le pharmacien qui avait soigné Meg déclara :

« Le 25 octobre, entre cinq heures et demie et six heures et demie... je ne saurais pas préciser... une dame est entrée dans le magasin en disant : « On m'a jeté quelque chose qui me brûle ! » Nous avons alors constaté que cette dame avait reçu de l'acide sulfurique... elle en était inondée... Je l'ai pansée !... le poignet, la main, l'avant-bras, le coude, l'épaule et le côté gauche de la poitrine étaient très brûlés... la blessée a refusé de déposer une plainte, lorsque le gardien de la paix est venu.

— Croyez-vous possible que cette dame se soit jeté à elle-même de l'acide sulfurique ?...

— Cela me paraît absolument impossible, monsieur !... — répondit le pharmacien très surpris de la question.

— Quel semblait être l'état moral de cette dame, lorsqu'elle est arrivée chez vous ?

— Elle avait l'air effaré, mais elle ne se plaignait pas beaucoup !... »

M. Duteil fit alors entrer Meg et demanda :

« Reconnaissez-vous madame pour la personne que vous avez soignée le 25 octobre?...

— Oui, monsieur, parfaitement!... »

Le garçon fut ensuite entendu :

« Le 25 octobre, madame est entrée en courant et en disant : « On m'a jeté une chose qui me brûle ! » Pendant qu'on la soignait, elle a demandé un fiacre !... j'ai été le chercher et j'ai ramené un gardien de la paix en même temps... Quand cette dame est montée en voiture, je lui ai remis les objets qu'elle avait posés sur le comptoir en entrant... un manteau, un parapluie et un grand rouleau de papier... Elle a pris le parapluie et le rouleau, et n'a pas voulu le manteau qui était tout dégouttant de vitriol... elle m'a dit de le jeter, mais le gardien de la paix me l'a pris pour le porter à la police. Au bout de quelques jours on me l'a rendu... disant que cette dame n'ayant pas déposé de plainte, le manteau était inutile. Je l'ai emporté chez nous et ma femme l'a décousu pour employer ce qui pouvait servir... le voilà... »

Il désigna la pelisse ou plutôt les morceaux de la pelisse, posés dans un papier sur la table, à côté du bureau de M. Duteil. Geneviève Roland, sans qu'on sût pourquoi, exigeait impérieusement qu'on représentât ce vêtement, et l'usage étant de ne rien refuser de ce que l'accusé croit nécessaire à sa défense, on avait fait réclamer le manteau à la pharmacie. Sans doute, Gant de velours se rendait compte que, si inondé qu'il fût, le corsage de Mme de Garde n'avait pas *tout reçu* et elle désirait savoir ce qu'était devenu le reste de sa provision de vitriol. Peut-être aussi, en insistant pour voir ce

vêtement brûlé, exécutait-elle un nouveau plan machiavélique du fécond maître Goujard.

M. Level succéda aux pharmaciens :

« Mme Geneviève Roland m'a questionné beaucoup sur Mme de Garde sans me dire dans quel but... mais comme elle venait de m'apprendre qu'elle écrivait au *Parlement*, j'ai pensé que c'était pour faire un article... Le soir Mme de Garde est venue à la Librairie... je lui ai parlé de la visite de Geneviève Roland...

— Vous souvenez-vous des questions posées?...

— Dame non! pas de toutes!... il y a de ça six mois et je n'avais attaché aucune importance à ces questions. Je me souviens seulement avoir dit que Mme de Garde était très bonne mère de famille et s'occupait beaucoup de ses enfants qui viennent souvent avec elle à la maison.

— A quelle date Mme Blaireau est-elle allée à la Librairie Moderne?...

— Le même jour que Mme de Garde... à laquelle j'ai dit : On m'a parlé de vous *ce matin*... Dans tous les cas, je suis certain que c'était un jour impair... et avant le 22, parce que Mme de Garde nous avait donné son adresse pour lui expédier des livres à Dinard à partir du 22... »

Meg confirma de tous points la déposition. La date n'avait d'ailleurs aucune importance. Gant de velours ayant d'elle-même reconnu par écrit *son erreur* quelques jours après le premier interrogatoire, et avoué qu'elle était allée le 19 août à la Librairie Moderne.

M. Level s'empressa de signer sa déposition et de partir. Il ne te tient pas en place en pensant à sa caisse et à la librairie où, à cette heure de la journée, on avait tant besoin de lui. Meg, qui aimait beaucoup M. Level, était désolée de lui avoir involontairement attiré cet ennui.

Le juge d'instruction appela ensuite Mme Coralie.

« Au commencement de novembre, Mme de Garde est venue essayer une robe à la maison, et en voyant son bras et son épaule brûlés, je lui ai dit : « C'est donc « vrai, madame la marquise, que vous « avez reçu du vitriol? » Elle m'a dit : « Oui, c'est vrai !... » Alors j'ai demandé tout de suite : « Quelle est la femme qui vous a fait ça? »

— Cette question prouve une grande connaissance du cœur humain, madame ! — dit le juge d'instruction, intéressé par la physionomie intelligente et originale de la grande couturière.

Coralie reprit :

« Mme de Garde m'a répondu :

« Si je vous le disais, vous ne pourriez « pas le croire ! » — J'ai demandé : — « C'est donc quelqu'un que je connais?... — Oui... — une cocotte?... C'est Ge- « neviève Roland... »

Meg interrompit :

« Ce n'est pas tout à fait ainsi que cela s'est passé — dit-elle.

« Mme Coralie m'a demandé : — « C'est « donc quelqu'un que je connais? » — J'ai répondu : « Oui, une cocotte ! » et c'est alors Mme Coralie qui m'a dit interrogativement : « Ce n'est pas Gene- « viève Roland? » Je lui ai demandé comment elle avait deviné ça et elle m'a répondu : « C'est que c'est Geneviève « Roland qui est venue nous raconter « cette histoire avec une insistance sin- « gulière car elle n'y était pas du tout « encouragée. »

— Oui... — reprit Mme Coralie — c'est effectivement Geneviève Roland qui est venue nous raconter cette histoire à pro-

pos de rien et ça m'a frappée... Mais je ne me souviens pas de l'avoir nommée la première...

— Moi... — dit Meg — je suis bien sûre de ne pas l'avoir nommée non plus parce que, à cette époque, l'affaire ne se suivait pas encore, et que, sauf aux amis intimes, on m'avait défendu de nommer Geneviève Roland... »

Néanmoins Mme de Garde n'insista pas. Cette histoire était vieille de trois mois. Il n'était pas étonnant que Mme Coralie n'en eût pas les moindres détails présents à l'esprit. La couturière s'avançait pour signer sa déposition mais M. Duteil l'arrêta :

— Pardon, madame, j'ai encore quelques questions à vous adresser.

Mme Coralie se rassit.

« Pourriez-vous... — continua le juge d'instruction — me dire si vous connaissez à Mme Blaireau un ou plusieurs vêtements longs?... C'est vous qui l'habillez, n'est-ce pas?...

— Nous lui faisons beaucoup de choses... mais elle en fait faire d'autres un peu partout... elle ne s'habille pas comme la plupart de nos dames dans une seule maison...

— Enfin, pouvez-vous me dire combien vous lui connaissez de longs manteaux?... »

Mme Coralie réfléchit un instant :

« D'abord, elle a un grand manteau rayé en laine et velours bronze... que je lui ai fait cet automne...

— Celui-là, nous le connaissons !... — dit M. Duteil.

— Ensuite un vêtement de vigogne noir doublé de fourrure blanche... puis de grandes redingotes anglaises... je ne sais pas combien elle en a... mais je lui en connais plusieurs... »

Meg écoutait stupéfaite.

Ainsi Gant de velours possédait un jeu de manteaux *longs!*... et le commissaire aux délégations en saisissait précisément un très court:.. et en fourrure!... alors que l'agression avait eu lieu au mois d'octobre et par un temps si doux que Meg portait sa pelisse sur son bras.

Tout en écrivant la nomenclature des vêtements dépeints par Mme Coralie, le greffier semblait surpris autant que Mme de Garde.

Dès le début de la journée, Meg avait vu que ce n'était plus le greffier des premiers jours. Au lieu d'un engourdi, ânonnant la lecture des dépositions tout d'un trait, sans points ni virgules, d'une façon incompréhensible, c'était aujourd'hui un homme intelligent et vif, faisant lestement sa besogne, un débrouillard s'intéressant à l'affaire dont il s'occupait.

Mme Coralie signa, et, comme Meg s'excusait de lui avoir causé ce dérangement considérable, pour elle et pour sa maison, elle lui répondit qu'elle était au contraire très heureuse si sa déposition pouvait être de quelque utilité.

M. Duteil entendit également le concierge de l'avenue de la Grande-Armée. Il avait vu aller et venir Geneviève pendant son déménagement, il donnerait peut-être le signalement exact du costume qu'elle portait à cette époque. Mais il « ne savait rien, il n'avait rien remarqué ».

Le maître d'un petit hôtel du boulevard Malesherbes, que Geneviève habitait pendant son déménagement, ne fut pas plus explicite. Il ne connaissait pas les costumes de Mme Blaireau, mais il savait que les gens de service de sa maison avaient donné à cet égard tous les renseignements aux agents de la Sûreté en-

voyés par M. Hartz lors de l'enquête.

Le juge d'instruction chercha au dossier et trouva effectivement le rapport de police. Les gens de l'hôtel du boulevard Malesherbes disaient que :

« Dans le courant du mois d'octobre, « Mme Blaireau portait un très long man- « teau rayé de laine et de velours cou- « leur bronze, ou une jaquette de ve- « lours de chasse à côtes. Elle avait les « cheveux coupés, teints en rouge et fri- « sés à la Ninon. Le plus souvent, elle « sortait coiffée d'une toque à plumes « bleues. »

— Tiens !... — s'écria Mme de Garde — une toque à plumes bleues !... le cocher du fiacre a donc raison !... il y a un autre chapeau que celui qui est saisi... On a fait pour ça comme pour le manteau !...

M. Duteil replaça le rapport dans le dossier et, se levant, appela la caissière de Mme Birot.

« Vous souvenez-vous, mademoiselle, que le 25 octobre, il y ait eu au Vaudeville une première représentation et que Mme Blaireau ait été ce jour-là chez vous de cinq à sept heures pour chercher un chapeau?...

— Je me souviens parfaitement, monsieur, que Mme Geneviève Roland est venue à la maison ce jour-là... elle a même fait inscrire une commande... mais je ne sais pas du tout à quelle heure elle est venue...

— Ah !... Mme Blaireau affirme qu'elle serait allée chez vous à cinq heures et aurait attendu jusqu'à six heures et demie un chapeau...

— Monsieur, il est vrai que le 25 octobre Mme Geneviève Roland a choisi un chapeau pour la première du Vaudeville... un chapeau avec des roses... qu'elle a emporté... Mais je ne sais ni à quelle heure elle est arrivée à la maison, ni à quelle heure elle en est partie...

— Personne ne pourrait préciser l'heure de cette visite?

— Non, monsieur!... ces demoiselles ne se rappellent rien. Mme Geneviève Roland vient très souvent à là maison... on ne remarque pas ses visites... il n'y a que moi qui puisse me souvenir lorsqu'il y a une commande...

— A quelle heure Mme Blaireau va-t-elle habituellement chez vous?...

— Oh! elle n'a pas d'heure fixe!... tantôt à onze heures... ou à quatre heures... quelquefois aussi très tard, après six heures... »

M. Duteil, qui lisait attentivement un papier posé devant lui sur son bureau interrompit le témoin :

— Pardon!... je vois ici sur votre première déposition que vous avez indiqué au commissaire de police l'heure de cinq heures comme étant celle que choisit de préférence Mme Blaireau?...

La jeune fille rougit.

— M. Constant a énormément insisté... me demandant si jamais Mme Roland ne venait de cinq à six... si ce n'était pas plutôt au contraire cette heure-là qu'elle choisissait? Je ne sais pas trop ce que j'ai répondu... mais la vérité est que, le 25 octobre, je ne me souviens ni qu'elle soit venue à six heures, ni qu'elle ait attendu... Je me rappelle qu'une autre fois elle a attendu... parce qu'on lui a arrangé un chapeau sur la tête... mais ce n'était sûrement pas ce jour-là...

— C'est vous qui coiffez Mme Blaireau?...

— Elle prend des chapeaux à la maison... mais elle en prend aussi ailleurs...

— Enfin... vous lui en faites bien trois ou quatre par an?...

— Oh! monsieur, plus que ça !... douze ou quinze !...

— Parfaitement !... — dit M. Duteil, qui semblait trouver que douze ou quinze chapeaux c'était beaucoup — dans ce cas, pouvez-vous me dire quelles sont les toques que vous lui connaissez?...

— Elle en a une en astrakan qui vient de la maison...

— En a-t-elle d'autres?

— Oui, monsieur... entre autres, une en loutre...

— A plumes bleues?...

— Je ne me souviens pas trop !...

— Vous ne faites pas de vêtements de confections?

— Non, monsieur... rien que des chapeaux !...

— Pourriez-vous me dire comment Mme Blaireau est habillée lorsqu'elle va chez vous?...

— Dans ce moment, elle a un manteau de loutre doublé de chinchilla...

— Un manteau long?...

— Oui, monsieur, un manteau qui arrive au bas de la robe...

Lorsque le greffier eut relu la déposition et que M. Duteil demanda à Meg, cette fois comme les autres :

« Vous n'avez pas d'observation à faire, madame?... »

Elle répondit :

« Si, monsieur... je désire ajouter une observation relative à la façon dont M. Constant a rempli sa mission...

— C'est inutile... vous l'avez fait déjà !

— Je tiendrais beaucoup à recommencer... ce ne sera pas long !... »

M. Duteil céda et Mme de Garde ajouta au-dessous de la déposition :

« Comment se fait-il que le commissaire aux délégations n'ait saisi qu'une petite veste *très courte* — alors qu'il résulte des dépositions *que Mme Geneviève Roland a au moins cinq longs manteaux* — et une toque noire à plumes blanches quand les témoins en connaissent d'autres se rapportant au signalement donné par le cocher et les gens de l'hôtel ? »

Quand la caissière de Mme Birot fut sortie, le juge d'instruction retint Meg qui se levait pour laisser la place à un autre témoin et, ouvrant la porte, il appela quelqu'un dans la galerie.

Un homme entra. Une sorte de géant à favoris bruns, vêtu d'une jaquette noire et tenant à la main un chapeau à haute forme.

« Vous êtes au service de Mme Blaireau ?...

— Oui, monsieur...

— Depuis combien de temps ?...

— Depuis 1888...

(A la place du juge d'instruction, M. Constant eût sans doute fait remarquer que cet homme *devait être très dévoué* à sa maîtresse.)

— Quel âge avez-vous ?...

— Quarante-six ans...

— Vous jurez de dire la vérité ?...

— Je le jure !... »

Et, allongeant un immense bras, le géant déploya une main colossale et noueuse qui vint s'étaler jusqu'au bureau de M. Duteil.

« Voulez-vous me dire... — reprit le juge d'instruction — quels sont les manteaux que vous connaissez à Mme Blaireau ?... »

La physionomie assez intelligente du témoin prit une expression un peu hébétée, et il répéta sans avoir l'air de comprendre :

« Des manteaux ?...

— Oui... lorsqu'elle sort... elle met un vêtement quelconque ?...

— Je ne sais pas !...

— Comment, vous ne savez pas ?...

— Mme Blaireau ne sort pas sans manteau ?... Vous devez lui en connaître au moins un ?...

— Non, monsieur !...

— Enfin, en hiver, votre maîtresse ne sort pas sans se vêtir... en hiver il est impossible que vous ne lui ayez jamais vu de manteau ?...

— Je ne sais pas, monsieur !... »

Le greffier écrivait toujours.

Meg regarda M. Duteil. Le domestique surprit ce regard et, voyant que, peut-être, il était allé trop loin, essaya de se rattraper :

« Probablement que madame en a, des manteaux !... je ne veux pas dire qu'elle n'en a pas !... mais seulement je ne les ai jamais vus !...

— Etes-vous allé un soir, au commencement de décembre, au parc des Princes chez madame, pour lui faire une commission ?... »

L'expression d'abrutissement s'accentua et le colosse répéta sur le même ton qu'il avait pris pour dire : des manteaux ?

« Au parc des Princes ?...

— Oui, à Auteuil !... — dit M. Duteil.

— Auteuil ?... Connais pas !... »

Le juge d'instruction semblait un peu agacé.

« Je vous demande si vous êtes allé un soir, vers six heures, faire une commission à Mme de Garde à Auteuil... Comprenez-vous ?...

— Je ne connais pas madame !... je n'ai jamais été chez elle... je ne sais pas où est Auteuil !... »

Et, se levant subitement, le domestique de Gant de velours ajouta :

« D'ailleurs... si madame m'a vu... elle

me reconnaîtra bien... On n'en voit pas souvent de ma taille !... »

Meg le regarda. Evidemment ce n'était pas l'homme qui lui avait parlé, mais plus elle l'examinait, plus elle était convaincue qu'on se trouvait en présence d'un malin qui avait envoyé un camarade faire la commission.

Comme elle se souvenait parfaitement que M. de Jurieu, questionné par elle au sujet de la façon dont le commissionnaire prononçait son nom, avait répondu : « Le domestique de Geneviève m'appelle précisément Jurieux, » l'idée lui vint de provoquer une protestation et, se tournant vers M. Duteil, elle lui dit :

« Monsieur, l'homme qui m'a parlé a dit M. de Jurieux en faisant sonner l'x !... M. de Jurieux — attend madame !... voulez-vous demander au témoin comment il prononce le nom de M. de Jurieu...

— Vous connaissez M. de Jurieu?... — demanda le juge d'instruction.

— Oui, monsieur, parfaitement !...

— Eh bien !... comment l'appelez-vous quand vous parlez de lui?... »

Sans hésiter un instant, l'homme, qui avait écouté attentivement Meg, répondit :

— Je dis M. de Jurieuss...

— Ah !...

— Comment faut-il écrire?... — demanda le greffier, attendant, la plume en l'air :

M. Duteil dicta : « Jurieusse » et se retournant vers le témoin :

« Est-ce bien cela?...

— Oui, monsieur ! »

Alors le juge d'instruction s'adressant à Meg :

« Désirez-vous, madame, poser d'autres questions au témoin?...

— Non, monsieur !... Je vous demande seulement de vouloir bien interroger sur ce même point Geneviève Roland avant qu'elle n'ait revu son domestique... »

CHAPITRE XIV

M. de Garde étant allé porter à M. Duteil une pièce nécessaire à l'instruction apprit que le dossier était depuis quelques jours entre les mains du garde des Sceaux auquel on l'avait remis *sur sa demande*.

Puis, il revint aux Garde de différents côtés que Geneviève Roland semblait triomphante. Elle faisait tapage de son innocence et de son influence, racontant à qui voulait l'entendre que M. Bertin-Saulée, le garde des Sceaux, l'avait reçue plusieurs fois et pleinement rassurée.

« C'était une plaisanterie que cette affaire !... Rien du tout au dossier !... Un enfantillage ! Il n'y avait pas là de quoi fouetter un chat !... » Quel homme charmant que ce M. Bertin-Saulée !

Et Jacques de Noue narrait des histoires invraisemblables sur le monde de la chancellerie, jeunes et vieux, petits et grands; sur les moyens étranges d'obtenir des audiences et sur leur tenue singulière !... C'était assurément de malicieux ennemis politiques qui répandaient ces bruits attentatoires à la dignité et à l'honneur du garde des Sceaux.

Quoi qu'il en fût des mœurs... judiciaires de la place Vendôme, les assurances formelles données à Gant de velours n'avaient pas été suivies d'un grand effet.

Le juge d'instruction rentrait bientôt en possession de son dossier et une nouvelle perquisition était faite chez Geneviève.

Cette fois, M. Constant n'en était pas chargé et le nouveau commissaire de police saisit honnêtement la plupart des manteaux désignés dans les dépositions des témoins.

Meg, instruite de cette perquisition, reçut de M. Duteil une invitation à se rendre à son cabinet.

Lorsqu'elle arriva, le juge d'instruction lui dit qu'il espérait la faire venir pour la dernière fois. Elle allait être confrontée encore, ainsi que le cocher du fiacre, avec Mme Blaireau.

Le commissaire de police avait rapporté des manteaux longs, mais il n'avait pas trouvé de toque.

M. Duteil ajouta :

— Persistez-vous, madame, dans la plainte que vous avez déposée?...

Et comme Meg, étonnée, le regardait :

— C'est une simple formalité !... Je suis obligé de vous faire faire aujourd'hui une déposition supplémentaire... relative à certains points... à des questions que pose la défense...

Le greffier attendait :

« Je persiste !... — dit Mme de Garde — dans la plainte que j'ai déposée...

— Pourquoi, lorsque vous avez reçu le vitriol, n'avez-vous pas crié... pourquoi n'avez-vous pas arrêté la personne?...

— Arrêter la vitrioleuse !... Mais, monsieur, je ne le pouvais pas !... quoique je sois assez leste, je ne l'aurais pas rattrapée !... elle avait sur moi trop d'avance !... j'ai été, pendant quelques secondes, comme asphyxiée par l'odeur du vitriol... elle a regagné sa voiture... Quant à crier, j'ai expliqué pourquoi je ne l'ai pas fait...

— Je sais... mais il faut répondre à cela de nouveau...

— Eh bien ! monsieur, je devinais qui avait fait le coup... et la première idée qui m'est venue a été tout naturellement d'éviter le scandale d'une affaire avec une femme comme Geneviève Roland... Au début, je ne souffrais pas et je n'étais pas encore en colère... cinq minutes plus tard j'aurais peut-être agi différemment... mais à ce moment-là, j'étais encore très maîtresse de moi...

— Pourquoi n'avez-vous pas conservé toutes les lettres anonymes... notamment celles d'Yport et de Spa?...

— C'étaient les deux ou trois premières... et je n'y attachais pas encore d'importance... Ça m'était désagréable, ça m'agaçait, voilà tout !... je n'ai gardé que les lettres qui me fixaient des rendez-vous ou qui contenaient des menaces... encore ne les aurais-je probablement pas conservées, si on ne m'avait pas engagée à le faire... »

A ce moment, la porte s'entr'ouvrit doucement et Meg aperçut un bout de favori ou de barbe se dessinant dans l'entre-bâillement. La porte resta ainsi pendant quelques instants, puis elle se referma.

La déposition de Mme de Garde était terminée. Tandis qu'elle la signait, le greffier sortit furtivement et rentra tout de suite en disant :

— Monsieur le juge d'instruction, je veux vous faire part d'un incident qui vient de se produire... Pendant que madame déposait, quelqu'un a ouvert la porte, a écouté un moment, puis est parti. C'est un avocat... et cet avocat est à présent dans la galerie en train de causer avec la personne que vous attendez...

M. Duteil ne répondit pas et Meg pensa :

— Bien sûr, ce n'est pas un avocat !... c'est Goujard !...

Lorsque M. Duteil appela Gant de velours et qu'elle rentra derrière lui, l'air sérieux, le maintien compassé, Meg fut plus que jamais frappée de sa beauté.

Geneviève s'assit et le juge d'instruction prit la parole :

« Madame... je viens, comme vous en avez exprimé le désir, d'entendre de nouveau Mme de Garde... elle persiste dans sa plainte... elle dit que...

Gant de velours interrompit violemment.

— Monsieur, je ne m'occupe pas de ce que dit ou ne dit pas Mme de Garde !...

— Je vais de nouveau vous confronter avec elle... ainsi qu'avec le cocher... Veuillez mettre un de ces vêtements... A propos !... je vous avais priée de vouloir bien venir avec le grand manteau de loutre que vous avez demandé l'autorisation de ne pas laisser au greffe...

Geneviève regarda insolemment le juge d'instruction :

— Je ne pouvais pas le mettre par ce temps-là pour vous faire plaisir... ma femme de chambre l'a apporté... elle est là !...

M. Duteil sonna :

— Voulez-vous ?... — dit-il à l'huissier qui se présenta — demander le manteau de madame à sa femme de chambre qui attend... En même temps, appelez le cocher !...

L'huissier rentra bientôt suivi du cocher et portant le manteau. Alors le juge d'instruction, s'adressant à Geneviève :

— Voulez-vous, madame, avoir la bonté de mettre ce vêtement ?...

Gant de velours esquissa un geste de refus :

— Je n'ai pas l'habitude de m'habiller seule... qu'on appelle ma femme de chambre !...

M. Duteil fit un mouvement pour se lever, mais, se ravisant, il sonna de nouveau et dit :

— Envoyez la femme de chambre de madame !...

Avec l'aide de sa femme de chambre, Geneviève mit son superbe manteau. Mais Meg et le cocher déclarèrent tout de suite que la vitrioleuse n'avait pas du tout un vêtement comme celui-là.

La femme de chambre semblait saisie. Elle était allée tripoter les autres vêtements apportés du greffe et étalés bien en vue sur des chaises. Et elle restait immobile, les yeux fixés sur les grandes pancartes attachées aux boutonnières par des ficelles et sur lesquelles, au-dessous du cachet rouge du greffe, on lisait :

« N°... Blaireau. Vitriol. »

Sans doute, Geneviève avait dû expliquer chez elle les visites de M. Constant et ses fréquents voyages au Palais par un « *délit de presse* » et, pour la première fois (sauf les soupçons qu'elle avait pu avoir d'elle-même), la femme de chambre entrevoyait la vérité.

M. Duteil allait faire mettre à Geneviève les redingotes de drap chamois et mastic, mais Mme de Garde intervint :

— A quoi bon ?... puisque le vêtement était très foncé ?...

Il y avait bien là un grand paletot noir doublé de fourrure, mais lorsque la vitrioleuse s'était sauvée, Meg se souvenait d'avoir vu voltiger les pans du vêtement. Il devait être en étoffe relativement légère. Le grand manteau bronze de la première confrontation rappelait plutôt celui entrevu le jour de l'agression.

« Vous n'avez plus d'autres manteaux ?... — demanda M. Duteil.

— Si, monsieur !... j'ai encore des redingotes de toile grise... mais je ne les ai pas données, afin que si, la semaine prochaine, le parquet fait une nouvelle perquisition chez moi, il ne rentre pas les mains vides !... »

Dans son ignorance de la très grande latitude laissée aux inculpés pour leur défense, Meg demeurait surprise de cette insolence. Mais sans paraître y prendre garde, le juge d'instruction continua :

« Mme de Garde voudrait adresser une question... C'est au sujet de la façon dont votre domestique prononce le nom de M. de Jurieu ?...

— Mon domestique ne prononce pas le nom de M. de Jurieu qu'il n'a jamais vu... M. de Jurieu, que je connais à peine, ne vient pas chez moi... D'ailleurs, le domestique fait la cuisine et n'ouvre jamais la porte... il ne sait le nom de personne...

—˙Voudriez-vous, monsieur... — dit Meg — avoir la bonté de demander à madame, si jamais son domestique n'a dit M. de Jurieu*x* avec un X...?...

— Jamais !... je l'atteste sous le sceau du serment !...

— Monsieur... — demanda Meg — voulez-vous remarquer que madame atteste sous serment?...

— Inutile !... — répondit M. Duteil — l'inculpé ne peut pas prêter serment... sa parole est nulle !...

Et, se tournant de nouveau vers Geneviève :

— Eh bien ! madame... ceci n'est qu'une des mille circonstances où nous vous prenons en flagrant délit de mensonge...

— Mais, monsieur !...

— Voyez plutôt?... »

Et le juge d'instruction mit sous les yeux de Geneviève une pièce écrite de sa *propre main* et jointe au dossier, sur sa demande et dans l'intérêt de sa défense.

Dans cette lettre, elle plaisantait l'or-

thographe de son domestique et recopiait une phrase écrite par lui dans laquelle le nom de M. de Jurieu était estropié « *Jurieux* ». Gant de velours avait oublié ce détail.

« On ne pense pas à tout !... Je vous l'ai déjà dit, madame, et vous avez grand tort d'être aussi affirmative !... Il est bien inutile, quand il n'est pas dangereux, d'aller ainsi au-devant de ce qu'on vous demande...

— Monsieur... — balbutia Geneviève Roland — Mme de Garde me poursuit avec un tel acharnement...

— Non, madame !... — interrompit M. Duteil, Mme de Garde ne vous poursuit pas... elle a déposé une plainte à propos de l'agression tentée contre elle... et c'est le parquet qui a ouvert une instruction contre vous... Il ne faut pas intervertir les rôles !...

— Mais je ne suis pas coupable !... Avez-vous entendu M. Lupin, du *Lampion?*...

— Non, madame, pas encore !...

— Comment, M. Lupin? — s'écria Meg étourdiment — je croyais que c'était M. Lordery?...

— C'est... — dit le juge d'instruction — un nouveau témoin, M. Lupin, directeur du *Lampion*, que Mme Blaireau désire faire citer... Ce monsieur saurait — paraît-il — des choses concernant l'agression dont vous avez été l'objet...

— Mais vous les savez bien aussi, monsieur... — dit Geneviève — je vous ai raconté cette histoire à mots couverts !... Je vous avais prié d'entendre M. Lupin...

— Madame, je ne peux pas entendre tout le monde en même temps !... Je l'ai cité pour demain...

— Il sait qui a jeté le vitriol... il me l'a dit... et il vous le dira...

— Eh bien ! si M. Lupin connaît la personne et me la nomme... je verrai ce que j'aurai à faire...

Et, s'adressant à Meg, M. Duteil ajouta :

— Veuillez, madame, vous retirer sans vous éloigner encore... je vais interroger de nouveau Mme Blaireau... »

Meg alla retrouver son mari dans la galerie. Au bout d'un instant, le juge d'instruction la rappela.

« Madame, vous avez dit avoir rencontré Mme Blaireau le 19 août dans l'avenue de la Grande-Armée?...

— Oui, monsieur !...

— Vous sortiez, disiez-vous, de chez M. Alexandre Samud?...

— Oui, monsieur !...

— Vous lui aviez fait une visite?...

— Non, monsieur !... J'étais allée demander s'il était à Saint-Germain ou à la mer... parce que j'avais un dessin à lui envoyer...

M. Duteil se tourna vers Geneviève qui, devenant violette, s'écria :

— Mme de Garde a dit qu'elle était en visite chez M. Samud?

— Non, monsieur ! — répondit Meg s'adressant au juge d'instruction — je n'ai pas dit que je faisais une visite à M. Alexandre Samud... il est probable, d'ailleurs, que si j'avais été *chez lui*, je n'aurais pas vu ce qui se passait dans l'avenue...

M. Duteil regarda Gant de velours :

— Vous le voyez, madame... voici encore une complication inutile?... Je vous avais avertie...

Meg écoutait, étonnée, ne comprenant pas de quelle importance il était qu'elle fût ou ne fût pas chez M. Alexandre Samud.

M. Duteil lui expliqua ce dont il s'agissait.

Geneviève, désireuse de la prendre en défaut, avait écrit à l'académicien, son voisin, qu'elle savait absent le 19 août, pour lui demander s'il connaissait Mme de Garde, et, si, à cette date, elle lui avait fait une visite à Paris.

M. Samud répondait « qu'il connaissait beaucoup Mme de Garde, mais qu'elle ne lui avait pas fait de visite ce jour-là puisqu'il était en Normandie ».

Et Geneviève, triomphante, montrait cette lettre à M. Duteil, prétendant convaincre Meg de mensonge.

Après chaque nouvel échec, Gant de velours baissait la tête, mais pour la redresser de plus belle un instant après. Elle changeait d'ailleurs à vue d'œil. Comme le 30 décembre, le masque se marbrait violemment et deux larges plis se creusaient dans les joues, transformant en sillons les fossettes légendaires.

Lorsque, après le départ de Geneviève, Mme de Garde prit congé du juge d'instruction, celui-ci l'informa que l'interrogatoire de Lupin aurait lieu le lendemain et l'invita à passer à son cabinet dans deux ou trois jours pour prendre connaissance de la déposition.

Puis, il lui apprit qu'il avait entendu encore M. de Jurieu et que, à la suite de sa dernière déposition, on ne pouvait conserver aucun doute sur l'origine des lettres anonymes. Les circonstances dans lesquelles elles avaient été écrites, le papier, tout, jusqu'à de malheureuses coïncidences de phrases, trahissaient leur auteur.

De plus, la nature des relations de Geneviève Roland et de M. de Jurieu était à présent absolument établie. L'agression du parc Monceau avait suivi de deux ou trois jours la rupture de ces relations. Et M. de Jurieu, tout en se renfermant encore dans une grande réserve, avait déclaré que si cela était nécessaire, il s'expliquerait nettement et complètement à l'audience...

M. Duteil conclut :

« Car l'instruction va se terminer ces jours-ci... je n'ai plus que le directeur du *Lampion* à entendre... et nous renverrons devant la Chambre des mises en accusation...

— Comment?... — demanda Meg — cette affaire n'ira donc pas en police correctionnelle?...

— Je ne sais pas trop... il y a préméditation !... menaces, guet-apens et vitriol, et l'un des certificats de médecin dit que vous avez conservé pendant cinquante jours la blessure du pied ouverte... Enfin, nous verrons ça !... »

CHAPITRE XV

— Eh bien ! Jurieu a-t-il enfin parlé?... — demanda Jacques de Noue à Meg.

— Modérément... il paraît qu'il préfère se réserver pour l'audience...

— C'est son droit !... mais vraiment cette coquine ne mérite pas ces égards... Et ta journée?... s'est-elle bien passée?...

— Comme ci, comme ça !... ça m'énerve atrocement, ces confrontations !... il est pénible et irritant de s'entendre accuser de mensonges, de méchancetés, de canailleries de toute sorte... alors que déjà on a l'ennui de figurer dans une pareille histoire !...

— Oh ! accusée par Geneviève !... mais c'est flatteur, au contraire !...

— Par elle ou d'autres, c'est tout un !... que veux-tu, je suis bête, mais je suis

comme ça !... cette défense agressive m'exaspère...

— Dame !... il faut bien t'amener à retirer ta plainte... Et puis... que veux-tu qu'elle dise?...

— Oh !... c'était bien simple, va !... elle n'avait qu'à dire :

« Madame, j'ai un fils de dix-huit ans... Cette horrible histoire va l'atteindre à son entrée dans la vie... entraver sa carrière... je vous en prie, comprenez-moi?... vous avez aussi des enfants... retirez votre plainte?... »

— Tu l'aurais retirée?...

— A l'instant même !...

— Bon, c'est heureux qu'elle n'ait pas eu l'idée d'employer ce moyen-là !...

— Pourquoi ça?...

— Parce qu'il faut six mois de Saint-Lazare à Geneviève pour se calmer !... après ce petit traitement, ce sera une femme charmante... car il n'y a pas à dire, c'est pas tout le monde, cette fille-là !...

— Heureusement !... — dit M. de Garde — car si tout le monde lui ressemblait, ça compliquerait singulièrement l'existence...

— C'est égal ! — affirma Meg — elle, au moins, elle est crâne, vigoureuse, mais ses amis?... La plaie, c'est tous ces gens louches, audacieux en dessous, visqueux, qui figurent de son côté...

— A propos?... — dit M. de Garde, — il faut demander à un avocat de vous assister à l'audience afin que la défense ne puisse pas vous injurier...

— Est-ce que c'est Goujard qui parlera?...

— Non !... — dit en riant Jacques de Noue — ça sort de ses attributions !...

— Mais il me semble qu'il en est déjà un peu sorti? »

. . . .

Les Garde allèrent trouver un avocat de leurs amis, M. Delorme, qui était au courant de l'affaire.

M. Delorme est un avocat jeune encore, d'esprit distingué et de cœur élevé, à qui son beau talent de parole a déjà conquis une brillante situation et une grande renommée. Il fut convenu qu'il surveillerait l'affaire et verrait s'il y avait lieu d'intervenir à l'audience.

Deux ou trois jours plus tard, au moment où Meg s'apprêtait à partir pour le Palais de Justice, elle reçut une citation à se présenter chez le juge d'instruction.

M. Duteil lui dit qu'il était obligé de lui communiquer la déposition Lupin, et lui en fit donner lecture :

« Mme Blaireau est venue me trouver pour me demander si elle était visée par un entrefilet paru en novembre dans *Le Lampion*, au sujet de l'agression dont Mme de Garde avait été victime. Je ne me souvenais pas de cet article. Après l'avoir recherché et relu, j'ai dit à Mme Blaireau que, évidemment, cet article ne pouvait la viser, puisqu'il faisait allusion à une personne sans talent » (! ! !)

— Mme Blaireau affirme que vous connaissez le coupable?...

— Je ne veux nommer personne !... mais c'est... m'a-t-on dit... une actrice d'un petit théâtre du boulevard...

— A quel mobile avez-vous attribué cette agression?...

— J'ai compris... — d'après ce que m'a dit l'auteur de l'article — qu'il s'agissait d'une intimité féminine...

— Quel est l'auteur de l'article?...

— M. Gontran Jassy...

— C'est bien, j'entendrai M. Jassy.

— Mais, monsieur, on l'a enterré hier !... »

Ça devenait vraiment drôle. Mais Mme de Garde n'eut même plus envie de rire. Cette lecture l'atterrait.

Ainsi, c'était donc là ce que la bande Gant de velours, Richaux, Müller, Lordery, Barbat et Compagnie avait trouvé pour *empêcher* Mme de Garde d'affronter la publicité des débats? Ces gens avaient pensé qu'en accumulant les infamies, ils la feraient reculer parce qu'elle ne consentirait pas à s'entendre accuser à l'audience du plus honteux et du plus répugnant de tous les vices !

Bien que la personnalité du témoin fût plus qu'insignifiante et qu'il invoquât, pour justifier sa fausse déposition, le témoignage d'un mort, l'accusation existait et elle était immonde.

Pour la première fois, depuis le commencement de l'instruction, Meg fut prise d'une violente colère, d'un sentiment de haine contre ces individus malpropres et véreux.

Elle tremblait et pouvait à peine parler :

« Monsieur... — dit-elle enfin — je désire répondre à la déposition de ce témoin... qui est un faux témoin...

— Effectivement... — dit M. Duteil — l'intervention de ce nouveau témoin est au moins étrange... sans parler de cette coïncidence de la mort de M. Jassy et de la portée qu'on attribue à l'article qu'il aurait fait...

— C'est d'autant plus étrange que l'article ne faisait *aucune allusion à cette intimité féminine*... M. Jassy aurait donc donné, dans son *soi-disant* récit au directeur du *Lampion*, un autre motif de l'agression que celui auquel il faisait allusion dans son *prétendu* article?...

— Je crois, madame, qu'il n'y a même pas lieu de discuter la vraisemblance de cette déposition... Mme Blaireau insistait pour faire entendre cet individu... je l'ai appelé... on accorde toujours à l'inculpé l'autorisation de produire tous les témoins qu'il croit nécessaires à sa justification...

Meg se calmait peu à peu. Elle déposa alors :

— L'intervention tardive de M. Lupin est surprenante. Comment, depuis près de six mois qu'elle est inculpée, Geneviève Roland n'a-t-elle jamais parlé de lui?... Comment — si comme elle l'a affirmé ici devant moi, jeudi dernier — il connaît l'auteur de l'agression, ne l'a-t-elle pas fait citer dès le début de l'instruction? Le racontar d'intimité féminine vient d'elle. Elle l'a déjà répandu quelques jours après l'agression. C'était une des versions de l'*accident* qu'elle se plaisait à colporter. Elle avait même — disait-elle dans une pièce émanée de *sa main* et datée du 5 novembre qui est déposée au dossier — empêché qu'un article qui reproduisait cette version, en y mêlant le nom de M. de Jurieu, ne fût porté à un journal, mais elle n'a rien déposé ou fait déposer dans ce sens. Elle s'est, au contraire, toujours refusée à faire connaître *de qui* elle tenait cet article, *qui* elle a empêché de le publier et dans *quel journal* il devait paraître. Pour moi, ce racontar infâme vient évidemment d'elle. D'ailleurs, l'article du *Lampion* ne faisait *en rien* allusion à ce motif de l'agression. En revanche, il désignait clairement Geneviève Roland : *une ancienne artiste sans notoriété des théâtres d'opérette, ayant renoncé au théâtre depuis quelque temps.* L'article mentionnait même *son changement de domicile.*

« M. Richaux est peut-être l'organisateur de cette version nouvelle. On pourrait le faire venir et l'interroger.

— Ah! non!... — s'écria vivement le juge d'instruction — assez de journalistes !

— Je n'insiste pas, monsieur!... — dit Meg en souriant. — J'espère d'ailleurs que c'est la dernière cartouche!... »

CHAPITRE XVI

J'ai rencontré Delorme tantôt... — dit un soir Jacques de Noue — il voudrait vous parler demain de l'affaire... — il y a du nouveau...

— Quoi donc?... Geneviève a avoué?...

— Ah! ouiche!... elle ne peut pas avouer, voyons!... Non, Delorme s'est trouvé, je ne sais où, avec Goujard auquel il a dit : « Eh bien! je vais donc être votre adversaire dans l'affaire Blaireau? » Goujard a paru saisi : « Comment, vous êtes mêlé à cette affaire?... mais ça ne se suivra pas... »

— « Je ne sais pas si ça se suivra?... — a dit Delorme — mais les Garde m'ont chargé de leurs intérêts et j'ai vu hier le dossier... Eh! eh!... il y a là beaucoup de choses plutôt fâcheuses pour votre cliente : « Comment? vous avez vu le dossier?... Est-ce qu'on peut le voir?... » — a demandé Goujard. — « Mais oui, puisque je l'ai vu... »

— Il y a de ça quatre ou cinq jours. Or Delorme a reçu un mot de l'avoué de Gant de velours, lui demandant d'urgence un rendez-vous et hier il l'a vu. Goujard aurait été bouleversé par la lecture de la fameuse déposition qui figure au dossier et qui accuse formellement Geneviève de l'assassinat de feu Blaireau... Il dit que sa cliente ne peut vraiment pas laisser produire une accusation semblable.

— Et alors?... — demanda Meg.

— Alors il est allé voir le procureur de la République... lequel a déclaré que l'instruction ouverte par ses ordres à la suite de la plainte des Garde suivrait son cours... Goujard a, paraît-il, demandé si, dans le cas où on amènerait Mme de Garde à retirer sa plainte, le parquet poursuivrait quand même... le procureur a répondu évasivement, mais de façon cependant à laisser de l'espoir... Enfin, pour le moment — ajouta Jacques de Noue, en s'adressant à sa cousine — on veut t'amener à retirer ta plainte...

— En quoi faisant?... Est-ce qu'on a trouvé un nouveau directeur de journal flanqué d'un nouveau mort?...

— Non... le truc est débiné!... Je ne sais pas ce qu'on propose... Delorme vous le dira demain...

— Viens le voir avec nous?... tu donneras ton avis?...

Effectivement, M. Delorme avait vu Goujard qui jouait l'assurance en ce qui concernait l'affaire du vitriol. Mais sa cliente — disait-il — désirait éviter l'audience à cause de certaines dépositions!...

— Nous sommes absolument tranquilles, Mme Blaireau démontrera facilement son innocence... seulement il y a au dossier des dépositions très fâcheuses et qui nous font redouter les débats...

— Très fâcheuses, en effet!...

— Sans doute!... mais comment est-il possible que les Garde n'empêchent pas ce procès?... le procureur de la République a semblé me laisser entendre que, s'ils retiraient leur plainte, l'affaire n'aurait pas de suites?...

— Mes clients ont évidemment réfléchi aux inconvénients du procès... mais sans

compter que la sécurité de Mme de Garde ne leur paraît pas suffisamment assurée, la défense a été si impudente, elle a amassé à l'instruction tant d'infamies, que nous préférons laisser agir la justice...

— Mais si on assurait la sécurité de votre cliente?... si on regrettait les insinuations de l'instruction?...

— Me proposez-vous, oui ou non, quelque chose?...

— Oui... je suis chargé par Mme Blaireau de traiter avec vous cette affaire...

— Eh bien! soumettez-moi un projet quelconque et je ne refuse pas de le communiquer à mes clients... je doute néanmoins que Mme de Garde consente à retirer sa plainte parce que l'attitude de la défense l'a exaspérée...

Maître Goujard envoya le lendemain à M. Delorme un projet de lettre qu'il montra aux Garde.

Cette lettre, que Gant de velours devait adresser au procureur de la République, était incompréhensible d'un bout à l'autre, mais particulièrement aux endroits *intéressants*, à tel point qu'on ne savait pas si Mme Blaireau s'excusait de ses attaques, ou si elle attaquait de nouveau; si elle garantissait la sécurité ou si, au contraire, elle la menaçait dans l'avenir.

Ce délayage incohérent (qui d'ailleurs n'émanait pas de Gant de velours) parlait vaguement « d'une agression que l'instruction *semblait démontrer;* de l'amertume ressentie par Mme Blaireau au fond du cœur; de sa santé ébranlée par ces émotions diverses, etc., etc. » Mais de sécurité sauvegardée, de regret et de rétractation des calomnies, pas un mot, ou du moins pas un mot net et précis se dégageant du filandreux verbiage.

— Vous ne comptez pas que ce macaroni m'amène à retirer ma plainte?...

— dit Meg, — c'est, je pense, une mauvaise plaisanterie?...

— Enfin... — demanda Jacques de Noue — tu n'espères pas qu'elle avoue, n'est-ce pas?...

— Pas précisément!... mais je veux l'équivalent d'un aveu, quelque chose d'analogue à ce qu'on lui a fait signer à la mort de son mari... ou rien!... Autrement, je ne serais pas tranquille!... l'instruction l'a révélée tellement méchante que je m'attends toujours à quelque nouvelle surprise... De plus, je veux, et je veux même avant tout, que M. Lupin rétracte formellement sa déposition et avoue qu'il tient de Geneviève Roland l'ignoble histoire racontée par lui et attribuée à un mort...

— Bigre! tu n'y vas pas de main morte!... s'écria Jacques de Noue.

— Songez... — dit maître Delorme — aux ennuis que vous causera ce procès... aux comptes rendus des journaux... aux audiences publiques, etc., etc.

— Tous les jours... — appuya M. de Garde — on est témoin d'un accident... eh bien! on évite de donner son nom pour ne pas avoir d'embêtements...

— Tu ne penses pas... — dit Jacques de Noue — aux agissements des amis de la bande?... ces journalistes honorables et désintéressés qui s'empresseront de te tomber à qui mieux mieux!... sans parler des racontars de café, de salles de rédaction et de boudoirs de filles...

— J'ai pensé à tout!... Ça m'est égal!... J'aime mieux que les débats fassent connaître tous ces gens-là!

— Il faudrait aussi — dit maître Delorme, s'inquiéter un peu de M. de Jurieu!... j'ai reçu sa visite et il m'a répété ce que vous m'aviez dit... Il viendra à l'audience renouveler ses dépositions et

les compléter, c'est entendu... Mais vous savez que, résolu à faire le nécessaire pour assurer votre sécurité, il serait désireux que l'affaire ne fût pas suivie... il voudrait, autant que possible, éviter une condamnation à Geneviève...

— Je vous répète — répondit Meg ébranlée — que je veux bien retirer ma plainte si Geneviève Roland fait retirer la déposition de son faux témoin et reconnaît, *par écrit*, que j'ai reçu le 25 octobre une potée de vitriol...

— De sa main?...

— Non!... je n'en demande pas tant!

— Il faut aussi qu'elle garantisse votre sécurité dans l'avenir?... — dit maître Delorme.

— Allons donc!... à quoi bon?... je me soucie peu de la parole de Gant de velours!...

— Je vais apprendre à Goujard le résultat de notre entrevue... — dit l'avocat — revenez me voir après-demain...

Le surlendemain, il présenta à Meg une lettre, de la main de Geneviève cette fois, et adressée à Goujard.

Mme Blaireau racontait qu'elle était allée voir M. Lupin qui refusait de désavouer sa déposition. Elle avait — ajoutait-elle — fait relever, sur le registre du théâtre désigné par lui, les noms des artistes auxquelles l'agression pouvait être attribuée.

Goujard, en remettant la lettre, disait que Mme Blaireau était au désespoir, mais qu'elle se heurtait à une volonté immuable, le directeur du *Lampion* refusant formellement ce qu'on lui demandait.

— Qu'à cela ne tienne!... — dit Meg — elle n'a qu'à faire elle-même ce que son faux témoin ne veut pas faire!... Tenez, qu'elle écrive simplement ceci :

« Monsieur le procureur de la République,

« Je reconnais que Mme de Garde a « été réellement victime d'une agression.

« L'histoire de femme à laquelle il est « fait allusion dans une lettre écrite par « moi le 5 novembre et dans la déposition « de M. Lupin vient *de moi* et c'est *de* « *moi* que la tenait M. Lupin. »

— Elle n'écrira jamais ça ! — s'écria maître Delorme.

— Autant dire tout de suite que vous ne voulez pas qu'on arrête l'affaire?... — dit M. de Garde.

Comme l'avait prévu maître Delorme, Goujard refusa avec indignation au nom de sa cliente. Jamais Mme Blaireau ne consentirait à reconnaître une chose inexacte !

Alors, l'avocat se mit l'esprit à la torture pour trouver une formule moins nette et il trouva celle-ci :

« Je regrette et retire tout ce que j'ai « dit ou fait dire à l'instruction à l'occasion « de cette affaire, notamment la déposi-« tion Lupin, et je renouvelle l'assurance « que rien ne viendra jamais, de ma part, « troubler la sécurité des Garde. »

— Mais je ne veux pas de ça !... — s'é-cria Meg — ça ne signifie rien du tout !... Je l'écrirais, moi !... Ce n'est pas une ga-rantie !... elle recommencera !...

— Recommencer?... — dit maître De-lorme, — mais vous ne songez pas que si la plainte est retirée, l'instruction reste toujours là, menaçante, suspendue au-dessus de sa tête, prête à être reprise s'il se produisait le moindre incident nou-veau...

— Il s'en produira, soyez-en sûr !... Mais, cette fois, elle fera bien de ne pas me manquer, parce que je crierai haut, allez, je vous le promets !...

— Allons donc !... elle ne bougera plus !

— Que si !... Vous oubliez ses états de services !... Ah ! on voit bien que vous n'avez pas été avec elle dans le cabinet de M. Duteil, vous?... On aurait vraiment cru que c'était lui ou moi qui étions les accusés !...

— Oui !... — dit Jacques de Noue — elle a positivement de l'estomac !...

— Voyons... je vous en prie?... — de-manda maître Delorme à Meg — ne nous mettez pas de bâtons dans les roues... j'ai promis de faire mon pos-sible pour arranger cette affaire...

M. de Garde appuya :

— Oui... Vous voyez ce que vous dit Delorme?... écoutez-le... il a raison !...

Après bien des hésitations, Meg céda.

— Je vous assure que j'ai du mérite à vous conseiller dans ce sens !... — dit l'avocat — car, c'est vrai, c'était une bien jolie affaire à plaider !...

— C'est égal !... — murmura Meg, mé-contente — ce que vous acceptez là ou rien, c'est absolument la même chose !... je pense que Goujard va vous sauter au cou à tous !... Son amie est sauvée et sauvée par vous...car c'est bien pour ne pas vous contrarier que je fais ce que vous vou-lez...

Contre toutes prévisions, l'avoué, loin de se montrer satisfait, prit comme tou-jours la chose de très haut et renvoya le lendemain la formule modifiée, adoucie, dénaturée en ce qui concernait la déposi-tion de Lupin.

Lorsque Mme de Garde reçut le mot de son avocat lui annonçant ces nouvelles tergiversations, elle fut ravie. Depuis la veille, elle était préoccupée, vexée, d'avoir accepté une formule qu'elle considérait comme insuffisamment explicite. Et puis, en réalité, l'ignoble déposition du directeur du *Lampion* subsistait toujours. Elle n'était que vaguement désavouée.

D'autre part les Garde avaient appris certains détails relatifs à une intervention persistante du commissaire aux délégations. Depuis la première perquisition (la seconde avait été confiée à un autre commissaire de police), M. Constant ne jouait plus aucun rôle officiel dans l'affaire, mais il avait continué — par dévouement à son art, sans doute — à témoigner — en prenant envers Meg certaines mesures — de l'intérêt qu'il ne cessait de porter à l'affaire du parc Monceau.

Des amis des Garde, habitant comme eux le parc des Princes, avaient, pendant l'hiver, eu recours au service de la Sûreté. Un agent ayant offert de rapporter à Auteuil des objets déposés par eux à la Préfecture, ils avaient refusé, craignant de causer un trop grand dérangement. Mais l'agent, légèrement éméché ce jour-là, les avait pleinement rassurés :

— Laissez donc !... j'y vais, dans le quartier !... j'ai quelqu'un à surveiller tout près de chez vous... une dame de Garde !...

— Celle à qui Geneviève Roland a jeté du vitriol?...

— Geneviève Roland !... Ah ! mais, dites donc !... faut pas parler d'elle comme ça !... M. Constant ne veut pas !... faut dire Mme Blaireau !... C'est une dame très bien, paraît !... Et faites attention, vous savez ! M. Constant la protège !... Quant à Mme de Garde... c'est une farce !... elle a reçu du vitriol comme moi !...

Mme de Garde, informée de cette conversation, savait que l'agent avait été revu plusieurs fois dans le parc, aux environs de sa maison. Et, comme ses amis offraient de témoigner, elle n'était pas fâchée non plus qu'on connût le singulier rôle joué par le commissaire aux délégations.

Saisissant joyeusement l'occasion de rattraper le consentement arraché et d'envoyer définitivement promener maître Goujard, ses formules et sa cliente, elle répondit à maître Delorme :

« Mon cher avocat, c'est moi qui, aujourd'hui, refuse ce que j'acceptais hier.

« Je suis positivement décidée à n'accepter d'autre déclaration que celle dont je vous envoie de nouveau le modèle, ma conviction *absolue* étant que l'histoire, à laquelle fait allusion la déposition Lupin, a été *inventée* et *colportée* par Geneviève Roland. Si son conseil croit *vraiment* que cela ne vient pas d'elle, faites-lui remarquer que, dans une lettre déposée au dossier, elle se vante d'avoir empêché un article de passer dans un journal *qu'elle n'a jamais nommé*, non plus que *l'auteur de ce prétendu article*. Dans cette lettre, elle parle d'une histoire de femme. M. Lupin, *cité tardivement à sa requête*, parle également de cette histoire dans sa déposition, et *seul*, le fait divers du *Lampion* — sur lequel affecte de s'appuyer cette déposition — N'EN DISAIT PAS UN MOT.

« Si, par la suite, on n'a pas fait directement la leçon à M. Lupin, on a pu la lui faire faire par M. Jassy, mais, dans tous les cas, il tombe sous le sens que M. Jassy n'a pas pu, *de lui-même*, donner à l'agression un motif autre que celui indiqué dans l'article *qu'on lui attribue*.

« Je comprends parfaitement qu'on a tenu à amasser à l'instruction toute cette boue pour m'intimider et me *faire peur de l'audience*, mais cette combinaison a atteint le but opposé à celui qu'on visait. L'attitude agressive de la défense me fait souhaiter vivement que l'affaire soit suivie.

« Vous savez que c'est uniquement pour céder à vos instances que j'avais accepté une formule qui ne me satisfaisait pas. Vous me l'aviez en quelque sorte *imposée*. Le conseil de Geneviève Roland a jugé à propos de modifier cette formule et m'a ainsi offert une bonne occasion de reprendre le consentement arraché. Je m'étonne, d'ailleurs, qu'il n'engage pas sa cliente à écrire tout de suite la phrase que je demande, car elle est bien peu compromettante en comparaison de tout ce qui figure au dossier.

« Ceci dit pour la dernière fois, n'est-ce pas? Votre adversaire est venu *spontanément* à vous. Je n'ai pas voulu refuser ce que vous teniez à me voir accepter, mais je préfère que l'affaire suive son cours naturel et je trouve qu'on abuse un peu trop de ma bonne volonté.

« Mille remerciements et souvenirs très affectueux,

« Noue Garde. »

Meg comptait que les pourparlers étaient, cette fois, définitivement terminés. C'était ce qu'elle cherchait en imposant ce quasi-aveu qu'elle jugeait inacceptable, surtout après ce qu'on avait refusé, mais un incident se produisit qui vint changer la face des choses.

En recevant la lettre de Mme de Garde, M. Delorme la communiqua à maître Goujard qui fut atterré de voir la façon dont tournait l'affaire grâce au zèle ardent et étonnamment passionné apporté par lui à sauvegarder la *dignité* de sa cliente!

L'avoué, anéanti, comprenant, un peu tard peut-être, qu'il n'était pas à la hauteur de la situation, appela à son aide un homme d'esprit dont l'intervention vint tout gâter au point de vue de Meg.

Maître Plessy, fin, railleur, parisien jusqu'aux moelles, comprit tout de suite que Goujard avait mené l'affaire en *emballé* et il insinua délicatement à Mme Blaireau qu'elle avait vraiment tort de « le faire autant à la pose ». Elle oubliait qu'à cette affaire étaient intéressés des gens moins naïfs et surtout moins sous le charme que l'avoué.

Bref, le lendemain de l'introduction du spirituel avocat entre l'arbre et l'écorce, Geneviève Roland écrivit :

« Monsieur le procureur de la République,

« Je reconnais que Mme de Garde a été réellement victime d'une agression.

« L'histoire de femmes à laquelle il est fait allusion dans ma lettre du 5 novembre et dans la déposition de M. Lupin vient *de moi*, c'est *de moi* que la tenait M. Lupin.

« G. Blaireau. »

Appelés par une dépêche de maître Delorme, les Garde se rendirent chez lui le lendemain.

— Eh bien! s'écria l'avocat, c'est définitivement terminé, cette fois!...

— Elle a refusé?...

— Pas du tout!... elle a écrit et a signé!

— Non?... fit Meg ennuyée.

— Parfaitement!... tenez, voici la déclaration... En demandant l'impossible, vous avez été plus fine que nous tous...

— C'est Me Plessy qui a été fin!... il a compris que je tenais à laisser les choses suivre leur cours et il m'a prise au mot... je n'y comptais guère!...

— A présent, il faut écrire à votre tour pour retirer la plainte... Comment?... est-ce que vous hésitez?...

— Non, puisque j'ai promis !... C'est égal... c'est un malin, maître Plessy...

Il fallait s'exécuter. Meg s'assit en rognonnant au bureau de M. Delorme et écrivit :

« Monsieur le procureur de la République,

« Je viens de lire la déclaration que Geneviève Roland vous a adressée au sujet de l'agression dirigée contre moi le 25 octobre dernier et de l'instruction qui a suivi.

« En présence de cette déclaration, vous penserez sans doute que ma sécurité et ma tranquillité sont aujourd'hui assurées. Comme c'est le seul but que je voulais atteindre, je retire la plainte que j'avais déposée.

« Recevez, monsieur le procureur de la République, l'expression de ma plus haute considération.

« NOUE GARDE. »

L'affaire du parc Monceau était définitivement bouclée.

Mᵐᵉ Blaireau pouvait dormir en paix !

CHAPITRE XVII

— Enfin, c'est fini... — s'écria Jacques de Noue en apprenant le résultat des négociations — je viens d'aller chercher Jurieu pour l'amener dîner ici !... il était parti !...

— Naturellement !... — dit M. de Garde — il a filé à Nice et Meg va en faire autant !... moi, j'irai lorsqu'elle sera revenue, il faut qu'un de nous reste avec les enfants...

— Elle va à Nice le 25 avril?... elle veut donc cuire?...

— Meg est inquiète de Suzette... grand'mère nous écrit qu'elle ne veut absolument pas rentrer à Paris et c'est étonnant, car d'habitude elle déteste Nice et a toujours hâte de partir...

— C'est vrai !... ordinairement, elle est de retour en mars...

— Oui... — dit Meg qui semblait préoccupée — cette année nous étions contents qu'elle prolongeât son séjour à cause de cette maudite histoire !... Mais à présent que tout est fini, je veux aller la rejoindre...

— Oh ! si Jurieu est là-bas, elle n'a pas besoin de toi, va !... Il doit être bien content que tout se soit terminé gentiment, ce pauvre Jurieu !... il tenait, malgré tout, à éviter la prison à Gant de velours... Es-tu contente que l'affaire soit terminée, au moins?...

— Euh ! euh !... pas trop !... le défilé de la bande en cours d'assises et l'exposé public de sa façon de travailler ne m'auraient pas déplu... Et puis, amour-propre « de victime » à part, je me demande jusqu'à quel point ces étouffements-là sont honnêtes?... Tiens ! veux-tu que je te dise?... je suis sûre qu'il y a une famille qui espérait que le châtiment allait venir à notre occasion et qui comptait sur une condamnation pour enlever à Geneviève toute possibilité de ramener jamais son fils à elle...

— Oh !...

— Eh oui !... Si ça n'était pas, on serait venu nous demander de retirer notre plainte, on aurait fait agir sur nous...

mais rien !... le silence absolu... pas un ami honorable !...

— Elle en a tant d'autres !... et ils ont si vaillamment combattu !... du reste, je comprends ça dans une certaine mesure... car je l'ai rencontrée tantôt au Salon et elle est plus jolie que jamais !... Par exemple, plus de cheveux au henné ! la belle teinte acajou a disparu !... le signalement de police ne serait plus exact aujourd'hui !... Elle a des petits cheveux châtains, un peu ternes, d'une nuance tranquille, effacée... elle a fait complètement peau neuve depuis cette dernière aventure !... C'est bien *Mme Blaireau* !... mais mâtin ! qu'elle est jolie !...

— Prends garde !... — dit Meg en riant — tu as depuis quelque temps des accès de lyrisme quand tu parles de Geneviève Roland... il me semble te retrouver il y a quinze ans à Pontivy avant la découverte des lettres de la présidente de Tourvel !...

— Quand pars-tu?... — demanda Jacques.

— Dans deux ou trois jours,.. pourquoi?...

— Parce que, alors, je te dis adieu... Je vais à Londres pour le Derby.., je serai absent une semaine et je ne te verrai pas avant ton départ...

— Je partirai plus ou moins tôt selon les nouvelles que nous recevrons de Pierre. Nous attendons une lettre demain...

Au lieu d'une lettre, ce fut une dépêche qui arriva :

« Suzette très malade, venez vite.

« PIERRE. »

. . . .

Quand les Garde aperçurent Suzanne étendue, les yeux creusés, les joues flétries, ils comprirent que tout était fini, Meg, au désespoir, accusait sa grand'mère de lui avoir caché la maladie de sa belle-sœur. Elle était folle et ne savait plus ce qu'elle disait.

La vieille marquise lui apprit que Suzette, gaie et fraîche, il y a deux jours, était subitement devenue telle qu'elle la voyait sans cause apparente à ce changement. L'arrivée de Pierre avait paru lui faire du bien, mais elle était retombée tout de suite.

La grand'mère ne savait rien de plus.

M. de Jurieu, les yeux bouffis de larmes, appelait Meg. Suzanne voulait lui parler,

— Elle a tout appris !... — murmura Pierre qui sanglotait.

Meg, bouleversée, s'approcha du divan sur lequel était couchée Suzanne qui pouvait à peine parler.

— Assoois-toi là !... Tu vois bien que j'avais raison à Dinard quand je te disais que Pierre ne m'aimait plus?...

— Il t'aimait... il a été étourdi, mais il t'adore... tu oublieras tout ça !...

— Peut-être... parce que je vais mourir !... vivante je n'aurais jamais oublié !... Oui !... — continua-t-elle... — ce que je demande à Dieu de me donner... ce que je veux que vous lui demandiez tous pour moi, c'est l'oubli !... Si ceux qui n'ont jamais fait de mal en ce monde sont heureux dans l'autre, ce sera ça mon bonheur à moi !... j'oublierai tout !... je croirai que Pierre m'a aimée toujours et qu'il m'aimera éternellement...

Et, se tournant vers Meg :

— Il paraît que tu es marquée par ce vitriol?... je veux voir ton bras... C'est avant-hier que j'ai appris tout ça !... c'est un journaliste qui racontait cette histoire devant moi... il t'a nommée... Pierre aussi... et enfin cette fille !... Je ne pouvais pas croire d'abord... et puis... je me suis souvenue... tu sais, la veille de notre départ... quand tu as dit que tu étais tombée... et le départ retardé d'un jour... et Maurice qui avait soi-disant une affaire importante !... Ah ! vois-tu, tu ne peux pas savoir ce que je souffre !... tu ne peux pas !... lui, non plus, parce qu'il ne m'aime pas vraiment !... et je l'aimais tant moi, pourtant !...

Et, timidement, elle reprit :

— Alors... tu as pardonné, toi?...

— Pardonné à qui?...

— A... cette fille qui voulait te défigurer?... On disait que tu consentais à retirer ta plainte...

— Oui, mais ça n'a aucun rapport avec un pardon qu'elle n'a du reste pas demandé... On m'a engagée à retirer ma plainte... j'ai cédé !...

— Tu as eu tort !... cette femme qui me tue méritait bien une punition... Est-ce que tu ne peux pas revenir sur ce que tu as fait?...

— Non... je me suis engagée à retirer cette plainte, et, s'il ne se produit aucun incident de nature à porter atteinte à ma tranquillité, l'instruction ne sera pas reprise...

— Alors... — murmura Suzanne à voix basse, elle est libre !... Pierre peut la revoir et il la reverra...

— Tais-toi ! tu ne penses pas ce que tu dis?...

— Si... c'est très mal, ce qu'il a fait !... Pourquoi m'a-t-il dit qu'il m'aimait, puisqu'il ne m'aimait pas?... pourquoi mentir?... Dieu fait bien de me prendre... j'aurais été si malheureuse !...

. . . .

Couchée sur le divan près de la fenêtre ouverte, Suzette mourut doucement à la tombée du jour, la main dans la main de Jurieu, fou de douleur.

Le voyant sangloter, elle se tourna doucement vers lui :

— Ne pleurez pas, ça me fait de la peine !...

Et lui tendant ses lèvres une dernière fois, elle murmura :

— Dis-moi que tu m'aimes?... dis-le vite?... dis-le, même si ça n'est pas vrai...

CHAPITRE XVIII

Affolé de chagrin, Jurieu se décida à voyager. Paris lui devenait insupportable.

Depuis que Suzanne était morte, il comprenait seulement quelle place elle tenait dans son existence.

Voulant dire adieu à Jacques de Noue qu'il n'avait pas vu depuis son retour, il alla chez lui un matin vers neuf heures et demie. A cette heure on le trouvait habituellement.

— M. le vicomte est revenu d'Angleterre hier soir... — dit le valet de chambre — mais il est sorti...

— A cette heure-ci?

Le valet de chambre garda le silence et M. de Jurieu comprit que Jacques n'était pas rentré. Il demanda :

— Sait-il que Mme Hackson est morte?...

— Oh ! non, monsieur !... — dit le domestique stupéfait. — M. le vicomte n'a encore vu personne... il est revenu hier à sept heures du soir !...

— Vous ne savez pas où je pourrais le trouver?... je pars pour longtemps ..

Ce valet de chambre, depuis dix ans au service de Jacques, savait que Jurieu était son plus intime ami. Et puis, il comprenait vaguement qu'il se passait quelque chose d'anormal.

— Ma foi... — dit-il en regardant sa montre — je pense que si monsieur a quelque chose de pressé à dire à M. le vicomte, il le trouvera encore chez Mme Blaireau, rue de Laborde...

FIN

SELECT-COLLECTION

SELECT-COLLECTION

PARAIT LE 1er ET LE 15 DE CHAQUE MOIS

LE VOLUME (contenant un roman complet) : **50 CENTIMES**

VOLUMES PARUS :

1. GYP . . . . **LA GINGUETTE.**
   (Couverture en couleurs d'*Albert Guillaume*.)

2. ALPHONSE DAUDET . . . **ROSE ET NINETTE.**
   (Couverture en couleurs de *Fabiano*.)

3. JULES CLARETIE . . . . **LE MILLION.**
   (DE L'ACADÉMIE FRANÇAISE.) (Couverture en couleurs de *Ch. Roussel*.)

4. EMILE ZOLA . . . . . . **THÉRÈSE RAQUIN.**
   (Couverture en couleurs de *Poulbot*.)

5. JEAN RICHEPIN . . . . **MADAME ANDRÉ.**
   (DE L'ACADÉMIE FRANÇAISE.) (Couverture en couleurs d'*Albert Guillaume*.)

6. GEORGES COURTELINE . **LES GAITÉS DE L'ESCADRON.**
   (Couverture en couleurs de *De Losques*.)

7. HENRI DE RÉGNIER . . . **LES VACANCES D'UN JEUNE HOMME SAGE.**
   (DE L'ACADÉMIE FRANÇAISE.) (Couverture en couleurs de *Raphaël Kirchner*.)

8. E. ET J. DE GONCOURT. **MADAME GERVAISAIS**
   (Couverture en couleurs de *Delaroche*.)

9. ANDRÉ THEURIET . . . **LA PETITE DERNIÈRE.**
   (DE L'ACADÉMIE FRANÇAISE.) (Couverture en couleurs de *Félix Lorioux*.)

10. HENRI LAVEDAN . . . **A TABLE !**
    (DE L'ACADÉMIE FRANÇAISE) (Couverture en couleurs d'*Albert Guillaume*.)

11. EDOUARD ROD . . . . . **DERNIER REFUGE.**
    (Couverture en couleurs de *Ch. Roussel*.)

12. ALPHONSE DAUDET . . . **TARTARIN DE TARASCON.**
    (Couverture en couleurs de *Poulbot*.)

13. ÉMILE ZOLA . . . . . . **MADELEINE FÉRAT.**
    (Couverture en couleurs de *Raphaël Kirchner*.)

14. MAX ET ALEX FISCHER. **POUR S'AMUSER EN MÉNAGE !...**
    (Couverture en couleurs d'*Albert Guillaume*.)

SCEAUX. IMP. CHARAIRE